台北變形記

The Metamorphosis : Dreams of Taipei

「這是我最後一次作夢了。」

目錄

初之夢

第一章

(1)

朦朧中我慢慢甦醒，模糊的感受像山間繚繞的雲霧包著意識，直到日出劃破一切來到身體裡頭，我才在床上慢慢睜開眼。

「這是夢，」當我躺在床上仔細呼吸時這樣想，「空氣不太一樣啊。」

我試著張張手指頭，不確定是左邊的第三隻手掌，還是右邊的第五隻。感官上似乎不太正確。當我試著再伸展身體時，所有自軀體延伸出去的手腳都快速擺盪，像昆蟲私密的巢穴被驚擾般地失控。突如其來的失序令我驚惶。我緊張地想要翻過身子，卻一骨碌滾落地毯上，手腳順勢抓緊地面使我的軀體穩當地站立，卻止不住身體反射性地往前衝。正當我一頭撞翻在牆壁旁，頭疼得不行時，牆上掛著的鏡子狼狽映出我的身軀——一隻巨大的黑蟲子，晶亮黝黑的背殼滑稽地翻倒在地板上，一對大大的眼珠子掛在小而猥瑣的臉上，上頭連著兩條細長的黑色觸鬚，長滿纖毛的無數細肢懸在空中正胡亂踢著。

躺在地毯上的我試著讓自己平靜下來。

我花了很長一段時間看著鏡中的自己，中間想起這幾個月來令我煩惱的事情：我在面對鏡子的時候總是帶著疑惑，我無法說服自己那裡頭所映出的影像就是完整的我的模樣，而這在過去是從未發生的。每當鏡像裡的人掛著笑容時，我並無法確定我自己是不是也正在笑著，我必須要輕輕撫摸自己臉上的嘴角，確認那上揚的弧度與鏡子裡相同才能感到安心。快樂也是，憂愁也是，我開始對自己感到陌生的距離。但是，像這樣從鏡子裡看到完全另外一個生物，怎麼說都需要一段時間去重新確認那就是自己呀。

「這就是我被選擇的樣貌啊……」最後我嘆了一口氣。

雖然不太習慣，但是記憶像被我吞下的果實般消化在身體裡頭，所以我很清楚，除了這個變了形樣的皮囊外，我還是我。如此一想便冷靜許多。畢竟這是夢嘛，像這樣被選擇了一個角色然後降生在世界上，也是理所當然的吧。

「我必須接受這異樣的軀體，除此之外別無選擇。」我望著天花板這樣想，再次慢慢闔上眼。

(2)

躺在地上許久的我終於決定起身看看周遭的環境。

我狼狽地爬上窗檯，只見一座偌大的城市攤在眼前，夢境以球型的樣貌閉鎖著，陳舊與新潮的建築錯落在每一寸土地上，以美麗的弧型一路相連到世界頂端，從那兒垂下了一條巨大的黑色繩索，恍如古老的蟒蛇神般神聖而靜謐地垂掛在天空，而繩索的盡頭懸著世界的核——一盞燈泡。

正當我驚異於夢境的奇特樣貌時，窗戶傳來不安好意的聲響。我從餘光瞥見有東西正在蠢蠢騷動，轉頭看去，只見一隻巨大的飛蛾就攀黏在玻璃窗上好奇地往屋裡探視。未料夢境中還有其他生物的我，立即警覺地往房間的暗處退去，將無數隻手腳迅速收起，審慎地觀望窗外的另一個奇異生物。我再仔細地觀察，原來那是一隻乳白色的巨蛾，碩大的身軀好似歡迎被人看穿一樣剔透，胸前的細肢不斷神經質地搓動，額上兩支蕨葉般的大鬚被風吹得擺擺盪盪，一雙翅上兩對螢光圓點規矩地左右對映，霎時間彷彿三雙目光同時停留在我身上盤算，盯得我瑟縮在角落動彈不得。

「你是弗朗茨嗎？」彷彿有語言的震動經由空氣送進我的腦子，我感到一陣昏眩，弄不清楚聲音究竟是從哪裡來的。

「嘿，裡頭的黑蟲子大哥，你是弗朗茨嗎？」似乎是窗上的巨蛾在說話。

「我沒有名字。」我說，發出跟印象中相去不遠的聲音。

「我知道噢，你就叫做弗朗茨。嘻嘻。」

「您怎麼知道？」

「我就是知道。」

「……」

「嘿！基於待客之道讓我進去吧，外面的風吹得我翅膀好痛呢。」

「你是誰？」

「別擔心，我不是什麼壞傢伙喔。摩托，我叫摩托，就住在樓下的房間，而且我認識之前寄宿在這兒的蟲噢。他呀，某方面說來是你的父親吧，嘻嘻。」

我環顧一下窗戶的四周，似乎只有左側有個金屬卡榫能將窗戶打開。我生疏地移動數十隻細腳，審慎地調整身體的方向，努力朝著窗檯爬去。我在窗戶前花了好一陣力氣才將沉重的身子立起來（中間狼狽地弄翻自己幾次，還聽見巨蛾在窗上嘻嘻笑著），好不容易才將窗子的卡榫攫住，使勁往下一扳，忽地大風一吹，窗扇冷不防地向外彈出，將我整個身軀同窗戶甩了出去！我頓時心慌得要命，奮力抓住卡榫的手腳幾乎用盡力氣，餘下的細肢不知所措地在空中倉皇踢著，直到摩托振著翅膀飛來將我的觸鬚捉住，一把丟進原來的窗戶裡，才終於脫離墜落的險境。

「嘿！好險呀，嘻嘻。」

「謝……謝謝你。」弗朗茨依然驚魂未定，好像剛才魂魄被甩出窗外，亂風一吹就再也回不來了。

正當弗朗茨還狼狽地跌坐在地上時，摩托已經將窗門從容關上，攀著透明的玻璃窗戶休憩。弗朗茨從巨蛾的背後望出去，好似古地圖的一對翅膀就展開在世界的面前，世界之核發出的光芒滲過巨蛾的身體浴入房間，使他覺得某種預言好像就要從那對翅膀裡飛騰出來。

「之前住在這裡的黑蟲子叫卡夫卡，」摩托的聲音比剛剛隔著窗更加明晰，傳達出某種安頓心靈的頻率與熟悉感，「算起來他離開夢境也將近四十個季節了。卡夫卡離開前留下像卵的東西，巨大地擱在床上。他說不久後的春天，那個叫弗朗茨的小夥子會來到這裡。不知道過了多久，某天卵開始滲出水來，一波一波的潮水，那溫暖的液體把整個房間都浸滿了，於是巨大的卵就這樣漂浮在房裡，散發著充滿生命力的光芒。我可以感受到噢，隔著房子的玻璃，那溫暖的水的溫度，以及透過水傳來的振動，像地鳴一樣向世界怒吼著，好像什麼東西要從裂縫裡噴發一樣的野心，都一直在房裡蠢蠢欲動著。

後來冬天降臨，外頭天寒地凍，整個城市都被大雪覆蓋了，我也因此沒有再來注意卵的動靜。可是我感覺得到，整幢房子都在孕育著你，整個世界都在孕育著你，你就是世界的一部分，世界就是你的一部分。待到春天時潮水已不知不覺退去，你便乾淨地躺在那兒了。弗朗茨，我知道你叫弗朗茨，那是父親送給你的名字。」

「我的父親……嗎？」弗朗茨問。

「是的，我想他應該把某種繼承性的東西留在你身上，仔細聽的話你會聽得到噢。他會一直在你的身體裡頭脈動，包含世界上各種的聲音都在那兒，如果你仔細聽的話，嘻嘻。」

世界的脈動。弗朗茨仔細聽了，他並分不清楚所謂世界的脈動是什麼，只知道自己的血液正在體內洶湧的脈動著。當他試著仔細呼吸時，世界的記憶彷彿透過某種管道傳遍他的身軀，溫暖而熟悉的芳香，使他突然覺得孤獨降臨在此的感觸少了一點。

「你待在夢裡很久了嗎？」弗朗茨恍惚地問。

「沒有人可以在夢裡久待的，弗朗茨。你也是，我也是，卡夫卡也是。我比卡夫卡晚了幾個季節進來，所以初期受到他的許多指引。」摩托一面說著，一面搜尋遠方的記憶般顫抖著額頭上的觸鬚，「嘿，你以為我們是自己選擇來到夢境的吧？其實不是這樣的噢，嘻嘻。我們呀，可都是被某種物質逼迫而來的，呼嚕呼嚕就像穿過水道滑落到這個世界了噢。你說是不是非常霸道呢？」

弗朗茨試想那個霸道，確實一開始是他「自己」選擇要進入夢境的，可是與其說是選擇，的確更像某種擠壓，被某種物質擠壓到快要失去意識，所以不得不墜入夢境的非選擇性結果。他是從現實的裂縫跌進來的。來到夢境前的一切，弗朗茨已經想不起來了。剛剛還清晰可見的記憶，現在彷彿都已經躲進叢林裡頭，像被土壤吸收的雨水一樣，深深滲入本質性的核了。從表象看來，事物已經消逝殆盡。是從什麼時候消失的呢？弗朗茨怎麼想都想不起來，就像黑洞宿命性地長在他的腦中，在某個開關按下後便像抽風機一樣把東西安靜地吸了進去。

「弗朗茨？」摩托喊了一聲，有如震天撼地的巨響，那劃天際而過的叫喚讓弗朗茨感受到了，是的，就是在他的名字被呼喚的時候。弗朗茨，他的名字賦予他現世的使命，從此他必須肩負的意義，當它被世界鏗鏘喚起的那一刻，巨大的雷鳴響徹雲霄，於是過往的記憶便像受驚嚇的蟲子般紛紛躲進暗處，它們隱密地躲藏起來不再打擾，它們打算給弗朗茨一個乾淨的靈魂，可是弗朗茨知道，它們一直都在靈魂的底部窺視著。

「弗朗茨？你還清醒嗎？」摩托又再叫喚他一次，弗朗茨只是恍惚地回應。「這樣吧，你先休息，明天我帶你去見『納比』，他會跟你談談夢境的準則。但我的忠告是，世界的規則都是表象的，規則以外的事情才是你來到這裡的真正意義。真・正・的・意・義，懂嗎？如果你在乎的話，嘻嘻。」

弗朗茨不懂，可是預言已經沉默。

(3)

我作了第一個關於台北的夢。

夢中的我殷切地站在捷運的月台，盼著第一班捷運駛入。那是台北捷運開通的日子，所有的市民皆可免費搭乘，於是媽媽便帶著我和年幼的妹妹，準備搭車前往大稻埕的外婆家。

在北投捷運站的月台上，我抬頭看著被陽光照耀而閃閃發亮的幾何屋頂設計，興奮之情難以掩飾，和其他孩子一樣頻頻叫嚷著。沒過多久，銀色的列車像從未來的隙縫竄出一般，自遠方發著迷人的閃光緩緩駛入北投站的月台。大家開心地發出驚嘆的聲音，在一片熙攘之中，我趕緊跑進全新的車廂裡頭，將臉貼在玻璃窗戶上，準備好迎接人生的第一趟捷運之旅。

捷運緩緩開動，很快地便在台北盆地靈巧穿梭。我興奮地看著一落又一落的房子，還有一排又一排的車陣，列車從磺港溪的上面越過以後，便繞著唭哩岸山的山腳行駛。媽媽拍拍我的肩膀，伸手指向另一頭的綠色方塊建築，我立刻大聲喊出那是爸爸上班的大同公司！那棟房子的牆上掛著一個巨大的紅色標誌，那個標誌出現在我們家的各種電器上頭，我可是一眼就認得出來唷！

沿途我跟著廣播大聲唸著每一站的站名：「北投——奇岩——唭哩岸——石牌——」就在列車準備離開石牌捷運站時，旁邊突然出現一張女孩子的臉，和我一樣興奮地貼在車廂的玻璃窗上，兩顆滾大的眼珠好奇地向外望著。她指著遠方的白色建築向我介紹那就是台北榮總，她的家就在前面那片矮房子裡，今天要和奶奶一起去士林的菜市場。我看見女孩的奶奶就坐在媽媽身旁，她拖著斑駁的紅色菜籃車，用台語和媽媽聊著天。女孩拉著我湊上前去，像是要把什麼寶物展示出來一樣，央求奶奶給我們看她的相簿。奶奶將一本小簿子從她的包包裡拿出來，慢慢攤開來擱在腿上，裡頭是一張又一張黑白的相片，全部都是火車站的影像。媽媽看了，笑著跟我說那些是古早的車頭，在捷運蓋好之前，都是火車在台北到處穿梭載客。我們好奇地看著那些照片，都是奶奶背著菜籃子在各個車頭買賣的身影，據說是女孩的爸爸和朋友借來相機拍的。我們翻著翻著，還是覺得現在的捷運酷多了！於是我們又跑回窗戶旁邊，一面指著外面的風景，一面唧唧喳喳地討論。

女孩和奶奶在士林站下了車，銀色的列車再次向前方平穩開去。我趴在捷運的窗戶旁邊，看見近處如大花園一般的士林官邸，經過綠意蔥蔥的劍潭山坡，才轉個彎便看到火紅的圓山飯店從天際露了出來，在捷運咻咻跨越基隆河以後，便聽到所有孩子們都一起興奮地叫著「兒童樂園」！只見傍著基隆河畔的兒童樂園在假日美好的陽光下閃閃發亮，七彩的遊樂設施看起來熱熱鬧鬧的樣子，摩天輪、飛天椅、碰碰車、咖啡杯上充滿快樂的人們，在我眼中簡直就是天堂的模樣。

好不容易說服媽媽下次帶我坐捷運來兒童樂園玩，列車又緩緩駛出圓山站繼續往前。就在老舊的中山足球場離我們越來越遠之際，列車轟然一聲便竄入漆黑的隧道之中，從閃爍的窗戶倒影上，我看見自己依舊閃閃發亮的興奮眼神，以及身後媽媽抱著妹妹的快樂模樣。

(4)

摩托領著弗朗茨朝世界之核飛去，弗朗茨從天空往下一看，地面的聚落像瘀血般一塊一塊散亂在各處，那些建築物就跟植物一樣，全是從土地裡頭冒出來，彷彿一直這樣自然地生長著，誰也不曾懷疑過它的存在。而人們就如細菌一般忙碌地穿梭在其中。起初，弗朗茨曾好奇自己在夢境中為何不是人類的模樣，眼下他目睹這些散落在城鎮裡頭，面無表情而不斷重複同樣動作的哺乳類動物，他突然感到難以言喻的嫌惡而不願再有類似的疑問。

「你飛得挺好的嘛，」摩托在前頭一面帶路一面說，「難道這就是所謂的優良基因嗎？嘻嘻。」

「我不知道。若不是你教我飛，我也不知道這雙翅膀能夠飛行。」

「翅膀可以飛翔，這是造物的原則之一。但是弗朗茨，也許我們身上仍有尚未被規則的能力噢。我教你用翅膀飛，是因為我習慣使用翅膀飛行，但並不代表你的翅膀只能用來飛翔。這你能夠瞭解嗎？」

「我想我能夠理解。」弗朗茨似懂非懂地回答。

「理解我是不夠的，你要理解的是你自己。」摩托巨大的翅膀又搧了兩下。

兩隻飛蟲愈來愈靠近世界的核心。

此時弗朗茨注意到，原來燈泡上所垂掛著的並不是繩索，那一串看似牢固的巨大黑繩，其實是無數的交織的人體，純粹裸露、健壯的人的肉體，男性與女性相互糾纏，一路從世界頂端的山丘垂掛下來。與地面的人群不同，繩索上的人們臉上全都獰著貪、嗔、癡的表情，欲望在他們之間毫不掩飾地流竄，愛撫與推擠的肉體使得繩索不斷高速旋轉，嚎哭與歡愉的呻吟已辨不清晰，夾在快速迴旋的空氣中灑入天際。弗朗茨突然感到噁心的情緒湧上喉頭，過於旺盛的欲望使他感到不快，他決意不再盯著人體的繩索瞧。

根據摩托所說，他們此次的目的地就在核的正下方，是個叫作「桃花源」的島嶼。

此時他們距離目的地愈來愈近，從遠方望去，綿延的城市到某個地方突然陷落，像被世界上磨得最鋒利的刀子切掉的蛋糕一樣戛然而止的俐落邊境，緊接著是注入大量液體的巨型窪池，湛藍而宏偉的汪汪大洋，弗朗茨覺得，那似乎是構成繩索的人們所落下的淚水與慾水所匯聚而成，在洶湧的浪潮裡醞釀著無盡的歡愉與哀愁。

當他們靠近島嶼時，一陣清雅的桃花香氣隨著海風撲面而來，那是一陣可以忘卻憂愁的奇異氣息，弗朗茨被那特殊的浪漫傾覆全身，近乎忘了飛行而失速。開滿桃花的小島就在海的中間寧靜地漂浮著，自層層雲霧中朦朧現形，島嶼盡被粉嫩的桃花枝葉覆蓋，桃色的葉瓣隨風吹散在空中，像把摯愛灑進無邊際的愁苦汪洋，這使得島嶼溫潤而低調地發著光芒。弗朗茨遠遠便被這座溫暖的小島給吸引，情感上無可抗拒地強烈愛慕著，可同時又有一種即將消逝的感嘆哀愁。他似乎感知到基於某種準則，他並無法全然擁抱這座美麗的小島，僅能短暫地凝望著它。

兩隻飛蟲從桃花源的上方飛過。在滿是森林的島嶼上，僅有星疏的村落散在花木之間，全是取材自然的木造房舍，小巧地依偎在一塊兒。採集花果似乎是島民最主要的勞動，居民全都在樹林間辛勤地勞動著，時而有仰頭看見摩托與弗朗茨的村人，並不驚異這兩隻巨大的飛蟲，卻似故友來訪般掬起笑容與他們招呼。在村民的熱情笑容下，這似乎是弗朗茨第一次對自己的形貌感到舒坦自在。

終於，摩托與弗朗茨來到島的正中央，只見粉色的桃花樹林所圍繞的中心裸露了一簇綠地，活像腹上出脫一顆光溜溜的肚臍眼，上頭有個莊嚴素淨的書院，悠然無瑕的白色建築，彷彿隨著土地呼吸而起伏般安靜地守望著。那一瞬間，弗朗茨感到整個桃花源都像是幻境，直到書院出現在他的眼前才是真真的事物。

「就是這兒了。」巨蛾大翅一搧，優雅地降在書院門口。初次飛行的弗朗茨卻對落地的技術不甚諳熟，雖然黝黑的翅翼已經及時停下，卻止不住身體往前衝的勁道，眼看就要撞上半圓型拱門，黑蟲急忙把腳踢上牆沿，慌亂中似乎踏上什麼東西而發出清亮的異響，整個身子嘩喇喇滾落在地。一陣混亂中摩托匆忙飛起，將巨大而歪斜的物品扶正，弗朗茨茫茫看見拱門上有塊深褐色匾額，巨大的「道德」二字蒼勁地落在古老的牌子，正氣凜然，令跌倒在地的弗朗茨不禁怔怔望得出神。

「這匾額舊了，好幾次差點摔下來。」摩托一面牢騷，一面將弗朗茨翻起身，「早就建議納比換一個新的，他還叨唸著說：『道德是亙古不朽的。』我看，就等它老舊到掉在地上給人踩，他才知道該換個新的了。」摩托說完便振起翅膀，領著弗朗茨穿過道德門走入。

他們才踏入書院，一座簡樸雅致的庭園就敞開在眼前——兩株古松如鏡像般成對植在左右，松下蔭著青青綠苗如瀑布般瀉滿整個中庭，蔥蔥綠意之間綴了幾株紅花紫葉，中間鋪設著白玉石子步道，有如狂草書法般往四面的樓房鏗鏘而去。充滿綠意的中庭被純白的樓房環抱，正面的主樓是一幢兩層高的中式建築，褐柱白牆，青瓦烏樑，罕見地沒有任何裝飾雕花，齊一樣式的簡樸窗櫺羅列壁上，中間是沉穩的桃木雙開門。弗朗茨抬頭望去，屋頂的粉紅花瓣落在層層青瓦之間，映得樸實的樓房更加自然可愛，二樓則掛著一幅巨大匾額，洋洋灑灑寫著四個大字——「太虛書院」。

摩托穿過拱門便一溜煙飛向書院的正堂，弗朗茨卻因跋涉倦了，只得匍匐爬行靠近，然而地面的碎石子卻與黑蟲的肢腳不合，令他愈爬愈是彆扭不堪。遠遠地，弗朗茨依稀看見昏暗的廳堂點著微微燭光，擺在桌案的燭火幽幽搖晃著，桌子左右擺著兩張太師椅，一位老人坐在左側的椅上，單手支頭在桌上盹著，似夢又似醒，若有又似無，火光將老人的側臉照得閃閃發亮，黑暗則將老人的另一面吞入渾沌之中，其餘的細節弗朗茨並不看得清楚。

「納比，我們來了。」摩托攀在門柱上叫喚。

老人霍然站起，忽然之間廳堂火光四湧，瞬間將所有事物照得清亮明白，黑暗無所遁形。弗朗茨杵立在庭園之中，被明亮的火光刺得睜不開眼，久久無法辨識內容，適應許久才將廳堂重新入目——只見老人凜然立於廳堂之中，一襲素袍落落瀟灑，兩隻大袖飄飄揖在胸前，霜髮高髻，細眼寬額，一雙白眉垂垂，一柳雪鬍綿綿，嘴上似笑非笑，眉間似愁非愁，身前人模人樣，身後收著一對蝶翅膀，略與身長同高，優雅垂落至地。

「久候兩位多時，快請進來。」老人聲似幽谷山鳴，隱隱從未知的深處逶迤而來，卻在近身時如撞鐘般敲進他的心坎。弗朗茨猝然警醒，於是加快腳步，同摩托一併入室。只見廳堂內悠然古樸，四壁清白，素而無飾，僅有老人身後擺著一組紅木桌椅，此外再無其他傢飾。弗朗茨舉頭望去，看見後方的牆壁揮灑了「源堂」兩個墨色大字，筆意恢弘，精神灑脫，字字入髓，靈動而毫無厚重之感。

「納比，這位是弗朗茨。」摩托攀在側邊的牆壁，替弗朗茨引薦。原來老人名為莊周，是太虛書院的夫子，摩托總是稱他「納比」，似乎是先知的意思。

「久仰大名。」弗朗茨伏在莊周的面前，黑蟲的外表卻使他感到萬分彆扭。

「親愛的弗朗茨，」莊周趨前一步，溫藹地傾身向著巨大的黑蟲，「請你務必對自己的形體感到自在。那是你生存的形貌，獨一無二的模樣，並不是什麼不妥善的東西。世界向來沒有不正確的樣貌，只有不正確的眼光，何況你與你的父親一個樣子。啊！那高貴而騷動的靈魂！迷途的孩子呀，請你正確地找到自己，並且舒坦地與我們交往吧。」莊周說著說著，身後的蝴蝶翅膀舒展開來，極美麗的形狀，深黑顏色，裡頭是一陣虛無而沒有盡頭的闇，在素淨的房裡如墨水般染上白牆，在那裡開了一個前往未知的洞穴。

「在帶你認識世界之前，弗朗茨，請容我與你講個故事吧。」

#

「地球上曾經有個和平的部落，部落裡的人相信世界是平的，在平坦的世界盡頭有個最完美的地方，所有最美好的事物都在那兒。

部落的人們都想親眼看看最完美的地方，可是從來沒有人能夠抵達世界的盡頭。他們的生命長度並無法完成這項心願。曾經有好幾次，帶著雄心壯志的村民出發去尋找世界的盡頭，卻一個人都沒有回來。『他們見到最完美的地方，當然不願意回來了。』有村民這樣辯駁，但他們也無法證實這項說法。

其實村民並不清楚這個信念是從哪裡開始的，可是他們卻打出生起便確切地相信著。『世界的盡頭有個完美之地！』村民只是在部落中用美麗的歌謠一年一年地傳頌著。

有一天，長手長腳、身材壯碩的巨人出現在村莊裡頭，留著滿滿的鬍子和酒紅色的臉蛋，自稱他是世界的旅人。部落的人們覺得希望出現了，大腳的巨人一定曾經抵達世界的盡頭，看見那個最完美的地方。『請問你有見過完美之地嗎？』村人們簇擁在巨人身邊好奇地問。『從來沒有。』巨人說。『聽說那個地方就在世界的盡頭。』村人又追問。『我從來沒有見過世界的盡頭。』巨大的旅人回答。

村人們還是無法相信巨人說的話，他們決定派出部落裡最勇敢的英雄，和巨人一同去旅行，要找出世界盡頭的完美之地。巨人答應了。於是隔天早晨，英雄便坐上巨人的肩膀，和村人告別以後，他們便邁開步伐往世界的盡頭出發。

很快地十年過去，巨人終於帶著英雄回到部落。部落的人們興奮地圍繞在英雄身邊，此時英雄開口說話了，他頹喪地說：

世界是圓的。

世界是圓的？部落的人們不敢相信自己聽到的，有人指責英雄說謊。是的，勇敢的英雄有時會編織謊言，可是他和巨人旅行的所見所聞卻是千真萬確的。世界是圓的，繞了一圈之後，部落就是世界的盡頭，部落就是最完美的地方，英雄說。

自此以後部落裡的人們分成了兩派，相信地球是平的，和相信地球是圓的。部落裡的人開始有了不同的信念，分歧的開始，儘管他們對世界持有不同的看法，卻異常浪漫地，共同享有混亂這件事情。」

「浪漫？」弗朗茨忍不住發出疑問的聲音。

「是的，浪漫。在舊的思想被打破時，共同享有的，集體的無所適從的浪漫。在那漫長的旅程中所經歷的巨幅拉扯和疲勞才是浪漫的終點，然後新的秩序會孵化，部落會在某個瞬間達到平衡，像散亂的兩條繩索被使力拉成一條線。於是像最初那樣，他們又重新相信某一件事情，卻不知道事情是從哪裡開始的。」

「所以部落的人們最後選擇相信什麼？地球是圓的嗎？」弗朗茨忍不住追問。

「這我不能告訴你。親愛的弗朗茨，我們聽來的東西，若是輕易相信，也會輕易失去。但是我可以告訴你表面的結局：**英雄瘋了。**他的心靈失去了穩定而強壯的力量，他再也不願相信任何事物，因為世界隨時會背叛他的思想，背叛他的信念。瘋子死前說了最後一句話：『無知真是太幸福了。』於是年紀輕輕就離世了，只有瘋子的母親最後仍堅定地在榻邊擁抱著他。

相較於英雄，母親自始至終沒有多餘的信念。她的信念只有一個：相信她的孩子，相信她心中萌生的愛情。在英雄旅行的十年之間，她從來沒有改變，絲毫沒有，只是孤獨地守護在部落裡頭，日復一日地過著相同的日子。只不過最後世界選擇背叛了她的孩子，就只是這樣而已。而她勇敢的孩子從來沒有生過堅韌的愛情，這點她是知道的。」

#

故事戛然而止，此時莊周的黑色翅膀已變得異常巨大，將整個廳堂覆蓋，黑暗籠罩斗室，陷入最原始的無的狀態。莊周的身子退得遠遠的，遠遠地從宇宙的深處發出微不足道的光點，弗朗茨已經看不清楚，卻隱隱知道那個方向，知道那個源頭，他感到那裡即將奔流出活水般的生命之泉，朝他這裡涓涓引來。

弗朗茨一眨眼，莊周已化成指頭般大小的蝴蝶，廳堂也若無其事地回到純白的潔淨模樣。

「請跟我來。」蝴蝶翩翩朝著二樓飛去，摩托帶著弗朗茨徐徐跟上。

弗朗茨從廳堂的偏門繞入後室，一座巨型的木造階梯在黑暗之中延伸上去，一眼並無法看到盡頭，必須攀上層層階梯，經過無數個轉折，爬上無窮的階梯，再經過無數的繚繞，彷彿用盡一生長度般拾級而上。巨蛾靈巧地搧動翅膀，毫不費力地飛在前頭，弗朗茨則在後方緩慢爬行，愈爬愈是昏沉，意識愈來愈朦朧，不知是樓梯間的光線愈來愈暗淡，還是他自身的記憶愈來愈模糊，他感覺到自己重新回復了人的模樣（或者是巨蟲的他所幻想的人的模樣），似乎正在往生命的源頭走去，一路回到母親的子宮裡頭，溫暖的潮水再次將他包圍，深沉的潮湧伴隨心跳在他的身邊隆隆作響，卜咚卜咚，卜咚卜咚，卜咚卜咚，一段時間過後，弗朗茨感覺身邊有其他人的加入，與他一同齊肩攀登，各式的人種，各樣的時代，數量愈來愈多，然後是動物，然後是昆蟲，然後是飛鳥，然後是海魚，他們全走在遼闊的草原，游在自由的水裡，朝著同樣一個方向前進。

終於蝴蝶在不遠的盡頭等待著他，攀附在彈珠般剔透的水藍色星球上。

「睜眼吧，孩子。」眨眼間，莊周復以老人的模樣站在階梯的盡頭，身後是一扇漆黑的門，門上沒有裝飾把手，僅有純粹的黑，像創世之初就被打造般不可撼動地存在。弗朗茨感覺那扇黑門似乎與周遭的事物全然不同，是個昇華又更具包容性的存在。

「門後就是世界的源頭了。」莊周端正地說。

此時老人把身子往旁邊站了一步，弗朗茨看見黑門上露出極微小的針孔，從針孔上射出奇異的光芒，那光芒將弗朗茨心裡的好奇心瘋狂地勾引出來，源源不盡，滔滔不絕，如同氾濫的江水般洶湧奔騰，毫無阻止的辦法。弗朗茨站在原地，身體不自覺地顫動著。

「我們只能從針孔裡看見世界的源頭，只有這個方法。長久以來有許多人來到這裡窺視世界的真相——哲學家來過，科學家來過，藝術家來過，醫學家來過，神學家來過，天文學家也來過。每個人都只能從針孔裡窺見世界的部分面貌，並無法得知全然的真相。弗朗茨，真相的一部分能夠推斷真相的全貌嗎？我們暫時無法定論。但無論如何，人們就這樣帶著信仰活著，帶著一部分的真相活下去，直到死亡，直到毀滅。」弗朗茨顫著身子伏在黑門面前，仍然無法抑制心裡的騷動，好奇心源源不盡地從他的心底漫出，老人的話語甚至聽不完全。

「若你願意的話，看一眼世界吧。」老人說。

於是弗朗茨異常緩慢地朝著門上的針孔爬行而去，光芒像柔軟的絲線輕輕牽引著他，世界暫時關掉聲音，靜謐而神聖地凝視這個瞬間，凝視這個即將知曉世界真相的儀式。他從爬行的姿態到逐漸站立起來，弗朗茨將雙眼闔上，並不將眼睛伏上散著金色光芒的孔洞，而是將自己的心緊貼，將五感張開，將靈魂展開，於是世界將曙光照進他的心裡。

我看見了世界的面貌。

我伏在黑門上哭了，毫無節制地，斗大的淚水從我的眼中傾瀉而出，心裡感受到模糊的、溫暖的世界的溫度，和諧而無雜質的生命之初，我看不清楚它完整的樣貌，可是有一部分卻溫暖地淌進我的心裡，像熔岩一樣將我心底某種僵硬的事物熔化了。我的心再無阻礙，赤裸的靈魂重新攀上地表大口呼吸，以它最真實的樣貌長成美麗的枝枒，直向陽光撲去。

「弗朗茨，有些源頭我們看得見，卻經常忘記；有些源頭我們看不見，卻經常記得。」蝴蝶的話語在一片光明之中緩緩灑落。

(5)

弗朗茨再睜開雙眼時，已發現自己站在書院的廳堂。他的身子癱軟，額上兩條觸鬚左擺右盪，依舊是黑蟲模樣。此時屋內已不見摩托的蹤影，僅剩莊周端坐在眼前的木椅上。

「弗朗茨，世界所孕育的孩子，這裡是你看得見的世界，祂誠實地展現在你眼前，並沒有任何神祕之處。看得見的源頭，你必用腦記著，以避免失去方向；若不幸有天你忘卻了一切，請你向心探問，世界留有祂的東西在你身上，你一定會記得。」

老人語畢，弗朗茨將自己的雙眼再次闔上，他感到世界留有事物在他的生命之上，溫暖而足以消熔一切地存在那兒。縱使弗朗茨知道那並非世界的全貌，那只是極微小的一個部分而已，卻是重要的，自己將帶著它直到世界毀滅的一小部分。

「我們離開這裡吧，應該和你介紹夢境了。」

老人帶著黑蟲走出廳堂，指引他走向書院的廂房。

書院的兩側廂房是一組對稱的建築，與主樓同樣是白牆褐柱、青瓦飛簷的素雅房舍。左側廂房題名「錄夢閣」，右側廂房題名「達觀堂」。他們朝「錄夢閣」走去，只見莊周從容不迫地推開房門入內，將屋裡的燈火迅速點亮；弗朗茨則跟在後頭好奇地向內探視，瞥見屋內並不相當明亮，事物卻被火光照得明明白白，彷彿一切細節都已公正地展示在他的面前。

這裡是書院的藏書閣，書閣的正中央擺放著一座桃木桌檯，檯上嵌有一盞玻璃燈泡正微微發著亮光，外表看來與天上的核相同模樣，生命力卻不似空中那顆電火球旺盛張揚；在燈檯的兩側，四座漆成磚紅色的古老書櫃整齊地排列，恍如四條赤龍般將長長的身軀伸至無盡的黑暗之中，書籍則像記憶的鱗片一般沾黏在祂們的身上。

弗朗茨看見書櫃的前方各自掛著一幅巨大的畫軸，分別描繪了如幻境一般的寓世浮繪。

他從最左邊的畫軸依序瀏覽起來。

第一幅掛軸是一團混亂的黑白潑墨畫，遠看依稀是摩天大樓的模樣，漆黑的柱狀建築高聳鑽入天際，雄偉而堅挺，彷彿自傲的帝國之巔，右上角用古老的文字題了「烏托邦」三個字。弗朗茨趨近一看，才發現黑色的大廈原來竟是許多小型的繪畫堆疊而成，在一團混沌之中勉強可以辨識底部的細小畫作，若是更仔細觀察，那些純潔而充滿浪漫的圖騰全都栩栩躍然於紙上，譬如牧羊的僕婦，譬如團圓的家人，譬如堅貞的騎士，譬如虔誠的教徒。假如能觸摸那些聖潔的圖像，我們必然能感受到那美好真摯的願望，透過畫布都能深刻體會那些理想時刻的豐沛能量。只是不知從何時開始，美好的景象開始彼此重疊，瑰麗的皇宮覆上質樸的山水，奮勇的軍隊踏過遠來的摯友，過小的畫布漸漸塞入太多的美好，最終使得圖畫混濁不堪，僅剩巨大的黑色摩天大樓在畫布上猖狂蟠踞。

第二幅圖畫題作「奧林帕斯」，是幅油彩繪成的繽紛畫作，色彩豐富飽滿，主題似乎是眾神的饗宴。弗朗茨首先注意到圖畫的下方佈滿指頭大小的虔誠信徒，摩肩接踵，密無一疏，人們時而仰天，時而跪地，嘴中喃喃自語，或垂眼祈禱，發出任何事物都無法動搖的堅定訊息；而另一方面，圖畫上方的天空中漫著巨大、翱翔、雄壯、威嚴的眾多神祇，祂們的姿態或溫藹，或智慧，或勇猛。當弗朗茨仰頭瞻望時，西方的、東方的、北方的、南方的古老神祇盤旋於天際，信仰以完美的體態展現，靈動而歡愉，盛大的宴會正在舉行。繽紛的眾神縱然令人目眩神馳，然而弗朗茨卻突然注意到祂們的色彩或淺或深，有的濃郁飽滿，有的卻清淡到近乎看不見，其中甚至有些被粗暴塗掉的神像，恍若古代遺跡般被殘留在陌生的角落，就要被人們漸漸遺忘。

中間隔著放置燈泡的木檯，右側的書櫃上掛著一幅極精美的刺繡圖畫，同樣用古字題名為「桃花源」，大約就是太虛書院所在的地方。桃花源的中間刺著豐厚的土壤，將畫面分割成上下兩層。上層繡著一株枝葉繁盛的桃花樹，粗壯厚實的體幹、張牙舞爪的枝枒、四散紛飛的葉瓣，粉嫩的桃紅色碎片在四周點點落下，靜雅地堆在土壤上頭。此時強健的桃花樹散發青春美麗的能量，卻隱約帶有一種即將逝去的哀愁，這與弗朗茨初次見到桃花源時一樣，而這種繁華將盡的淒美之感，更是使人心生憐惜而不忍移開目光。相反地在土壤的另外一端，半幅畫面空空蕩蕩地，僅有一小株綠芽倒長在土壤之上，卻源源不絕地迸發出旺盛的生命力，幾乎要從畫裡滴出水來一般。當弗朗茨細心觀看圖畫的時候，似乎可以感受到下層的嫩芽正透過中間的土壤共享桃花樹的養分，待上層的桃花樹枯盡之時，底下的芽苗也將長成另一株大樹，如此循環而生生不息。

弗朗茨接著走向錄夢閣的最後一幅圖畫，那是目前所見最令他觸動的畫作，名字題作「亞特蘭提斯」。亞特蘭提斯是一幅印象派的拼貼圖畫，內容描繪大自然的奇幻風光，清風吹來紙片便如鳥羽般悠然擺盪，在光影中呈現風情萬種的樣貌。畫面的遠方是翠綠的群山，綿綿青巒間散發著旺盛的生命能量，涮地自谷間瀉出一涓河水，纖細而優雅地蜿蜒而下，途經狂亂的森林、遼曠的牧野、金黃的稻田，直投入弗朗茨眼前的汪洋之中。亞特蘭提斯的頂端懸著圓潤飽滿的金色日陽，被忽近忽遠的星河團團圍繞；而底部則是同樣圓滿的黃色月亮映在水中，被粼粼的海洋緊緊擁抱。一日一月，相互輝映，雙雙發出和煦的精神。

忽然之間，不知何時已被敞開的窗戶從四面八方吹起狂暴的風來，畫面上的碎片像跳起舞來紛紛散落在地上，亞特蘭提斯就在弗朗茨的眼前逐漸斑駁，山河漸漸消逝，日月也漸漸缺了，他看著一片一片零落在地上的碎屑，花花綠綠，形形色色，早已辨不清它們本來的樣貌，卻在那兒自成一張抽象而充滿隱喻的圖畫。

弗朗茨瞧著瞧著，兀自惆悵了起來……

(6)

「你看得真入神。」一個女孩的聲音從身後傳來，打斷弗朗茨愁悶的思緒。

弗朗茨朝聲音的方向看去，一位金髮的少女就站在錄夢閣的門前，青春的外表，身穿古典的連身洋裝，柔和的湖水顏色，剪裁看起來相當舒適，臉上一雙碧色眼睛張得大大的，雀斑像芝麻一樣落在紅潤的雙頰，鮮紅的嘴唇因謹慎而緊閉，白皙的脖子兩旁垂著一雙綁得精巧的辮子。

她抱著一本厚重的書籍，與弗朗茨相互對望好一陣子，始終沒有開口說話。

忽然，女孩將眼光轉向木檯的燈泡，終於幽幽地嘆一口氣：「看來你今晚將會經歷黑暗。」

弗朗茨挪動龐大的身軀，同樣將眼光看向木檯上的燈泡。只見原本微弱的光線已變得更加晦暗，恍如百年的積雪一般覆蓋在燈泡的表層，將裡頭的光線濃密地遮掩。此時他們彷彿被某種時間的膠狀物黏著，站立在原地凝視著微弱的光芒，許久不出一語。

「妳又忘記自我介紹啦。」一隻黑貓突然從女孩的影子走了出來。

「對不起，」她轉過來直視著弗朗茨，「我是愛麗絲。」

「我是彼得，」黑貓翹著尾巴說，「我們負責整理世界的歷史。」

「我是弗朗茨。」黑蟲似乎被女孩瞧得不好意思起來。

「對夢境的歷史有興趣嗎，弗朗茨？」彼得故弄玄虛似地繞著黑蟲打轉。

「詳細的情形並不瞭解，可是世界似乎已經將它的事情告訴了我。」

「原來如此，」彼得跳上裝有燈泡的高檯，「我想你得到的是更接近本質的答案噢。這樣很好，因為世界本來就會幻化成各種面貌出現在你的眼前。但是，只有這樣是不夠的喏。為了更好地生活著，你必須明白一些浮在表面上的東西。」

「**浮在表面上的東西。**」弗朗茨複誦著。

「像紋路一樣的東西。」愛麗絲說。

「是的，像紋路一樣的東西。所有的事情都有它的紋路，那是流動的痕跡，是存在的印記。而我和愛麗絲的工作，就是確實地將它們整理，好好保存在書院裡頭。」

「所以說，那些像紋路一般的東西，得仔細看清楚喏。」黑貓發出不安好意的笑聲。

弗朗茨的心中有些疑問，卻不知道從何問起。

「瞧你滿臉疑惑，不如讓我們解釋一下夢的紋理吧。」

「彼得！」愛麗絲發出制止的聲音。

「放輕鬆嘛，愛麗絲。」彼得坐在燈檯，露出嘻皮笑臉的模樣，「我們就當跟新朋友聊聊天喏。」

愛麗絲於是不再多言。

「錄夢閣是收集夢境歷史的地方，」彼得再次說起故事，「如你所見，這裡的四個書櫃分別收藏夢境四島的歷史——西方的島嶼『烏托邦』、北方的島嶼『奧林帕斯』、南方的島嶼『桃花源』和東方的島嶼『亞特蘭提斯』。四座島嶼分別生長在夢境的四個方位，依循各自的規則運行著：烏托邦是理想的集合，人們的理想被萃取集中到島上實踐，如今已高度發展成難以想像的城市；奧林帕斯是信念的實現之地，人們的信念會在山中化作實體，經常以諸神的形象顯示；桃花源是起始之島，是一座早晨升起、夕暮沉沒的島嶼，日復一日地透過海洋的洗淨回歸原始的狀態；亞特蘭提斯則是命運的島嶼，島上的一切皆依照自然的準則運行，據說是個絕美異常的天然島嶼，卻在多年前因為某種原因消失在海平面上。

此外，你來到書院的路上有看見天空的巨大燈泡吧？（弗朗茨點點頭）那就是夢境的核噢，我們稱之為**榮格之核**（The Spirit of Jung）。榮格之核是夢境的軸心，是能量的來源，它所散發出來的光芒會滲入夢境的每一個角落，使我們共同享有世界的一部分。

弗朗茨，我們在某個部分是相同的，只要我們照著同樣的光芒。」

「**我們在某個部分是相同的。**」黑蟲複誦一次。

「但是光明就要終結，黑暗即將到來。」愛麗絲卻發出警告。

「是的！黑暗就要來了！黑暗就要來了！」彼得興奮地喊叫，「今晚你將會經歷核蝕喏！」黑貓倏地跳下燈檯，迅速往書櫃的暗處奔去，一下子就被吞進影子中。

「關於**核蝕**，那是什麼呢？」弗朗茨困惑地向愛麗絲詢問。

「那是完全的黑暗，是享受光明的必然結果。」愛麗絲說。

「是指光明的代價嗎？」

「並不是『代價』這麼對等性的東西，只不過是自然的流動。」從她的回答中，弗朗茨不知為何想到暴雨後的土石流，裡頭包含某種激烈的成分。

「與夢境之核的燃料有關喏，」黑貓又從書櫃上探出頭來，「榮格之核的燃料是人們的欲望。每到晚上，當核休眠的時候，我們會進入集體的睡眠狀態。在睡眠的過程之中，欲望會一點一滴從人們的思想裡溢出，生的意念、死的意念、性的意念、愛的意念、成功的意念、毀滅的意念，全部都像滲過大腦的濾網一般溢出濃稠而甜美的汁液。我們將這些欲望蒐集起來，運送到奧林帕斯的山頂，再從那兒將欲望的汁液沿著繩索傾倒而下，竄入巨大的燈泡裡，令榮格之核能夠持續燃燒而發散耀眼的光芒。但是，欲望的燃燒也會產生汙垢沾染在核的表面，最後核的光芒會被黑色的汙垢遮掩。於是，驅動夢境的能量愈來愈薄弱，人與人之間的鏈結也漸漸鬆脫，我們的靈魂開始游離，逐漸成為毫不相關的無數個體。」

「最後，完全的黑暗終究降臨。」黑貓的身影隱沒在書櫃的黑影之中，整座書閣變得異常安靜，弗朗茨試著側耳傾聽，流入耳中的仍是一片黑暗，他彷彿能夠感覺到黑暗的深處有什麼東西正在蠢蠢欲動，卜咚卜咚，卜咚卜咚。

「那真是深不見底的黑暗，一點希望都透不進來。」彼得的聲音從未知的某處傳來。

「世界混沌無光，我們看不見彼此，我們感受不到彼此，所有的人都像失去意識一般繼續活動。我們儘管一如往常地生活，可是我們感受不到任何靈魂的共振，我們的心底破了洞，所有的情感都丟失了，豐沛的靈魂在黑暗之中逐漸乾涸，心靈露出龜裂不堪的表面。寂寞腐蝕我們，絕望啃噬我們，我們像失去引力而逐漸游離彼此的星塵，一顆一顆漂浮在孤獨的宇宙。在完全的黑暗裡頭，我們只能透過觸摸自己來確認自己活著，最後我們甚至開始懷疑自己就是黑暗，黑暗就是自己。」

「奇怪的事就發生在完全的黑暗之中。」恐懼從語調洩漏了出來。

「在完全的黑暗中，人們開始消失。第一次是紅髮的家族。過去他們居住在夢境的西南邊，因為擅長貿易的關係，族人遊走於世界各地。由於幽默風趣的天性，以及重視信用的傳統文化，因此許多的部落都相當倚賴紅髮家族的貿易經營，時間一久，便成為眾人皆知的商業望族。在他們的故鄉，紅髮家族擁有相當悠久的歷史，一個一個家庭群居在圓形的土樓裡，土樓的正中央供有紅髮家族最信仰的商業之神。每逢歲末經營有成之時，紅髮家族便會在神的面前大擺宴席，並且四處邀請賓客，準備鮮花素果、蒸魚燉肉、金銀財寶，穿戴起美麗的傳統服飾，在神像的周圍大肆慶祝五天五夜。據說慶典的期間賓主盡歡，人潮川流不息，真正是夢中最美好的節慶之一。然而在第一次的核蝕以後，紅髮的家族卻消失了。當人們的理智與情感從黑暗裡頭慢慢爬出來時，世界彷彿恢復從前的樣貌，卻隱隱約約感到有什麼事情不太對勁。直到一段時日過後，人們才發現紅髮的家族消失了，他們就像被剪下的圖畫紙一樣，在人們的生活中留下一塊塊的空白。沒有人知道他們去了哪兒，人們只能繞過空白繼續過著日常生活，假裝過著一如既往的日子。不久以後，人們對紅髮家族的記憶也開始荒蕪，就像那一座座漸漸攀滿藤蔓與雜草的土樓房一般，所有的事物都被掩沒在茂密的叢林裡頭，被人們逐漸地遺忘。於是，幾個世代以後，就再也沒有人記得紅髮的家族了。」

「欲望帶來光明，卻也帶來黑暗。」愛麗絲悄然說道。

「很殘酷喏，但是誰也無法阻止。核蝕還是一次又一次地發生，每一次的核蝕都帶走一些人們。殘酷的手一直在黑暗中來來去去，把人們捉進完全的黑暗裡，消失得無影無蹤。核蝕無可避免地反覆到來，時間到了便像不敲門就闖入客廳的冬天一般，我們只能在寒風中噤聲等待。」

「今晚就是核蝕的日子喏。」黑貓突然從愛麗絲的影子裡走出來。

「要小心不要被抓走喏。」

卜咚卜咚。

(7)

「不是規定書閣裡禁止討論歷史嗎？已經警告過好幾次了啊。」摩托的聲音從天花板傳來。

黑貓吐了吐舌頭，搖著尾巴悠哉地走回愛麗絲的影子。

「這裡有個規矩，在書閣裡只能閱讀不能評論，這件事情請你務必遵守。」

「我知道了。」弗朗茨答應。

「納比已經在對面等著。愛麗絲，請妳帶著弗朗茨過去吧，我拿幾本書就到。」

「好的，請你跟我來。」愛麗絲轉身朝門口走去，揚起的水藍色裙襬漣起清甜的香氣。

他們才剛剛走出書閣，弗朗茨便發現中庭出現數個陌生的身影，令人驚訝的是，這些人竟然從頭到腳全都一個模樣，是個身穿青緞長袍的青澀少年，體態纖纖卻一身富貴氣質，朱唇皓齒，劍眉杏眼，冰肌玉面，烏髮長辮。只見青年散在各處，一位蹲在綠草間埋著花苗，一位倚在古松下讀誦情詩，一位盼著屋頂的落花嘆息，一位垂首踱步於簷廊之間。他們身上全都沾染著憂傷的潮濕氣味，弗朗茨彷彿從遠處就聞得出來。

愛麗絲似乎沒有看見中庭的奇異景象，筆直朝著對面的廂房走去。她停留在「達觀堂」的門前悄聲知會，隨後便伸手將木門輕輕推開。此時弗朗茨看見莊周端坐在團蒲上頭，正與一位年輕的男子輕聲交談。

莊周見到兩位的到來，便笑盈盈地站了起來。

「弗朗茨可有在書閣裡看見喜歡的東西？」老人和顏問道。

「有的，還稍微瞭解了夢境的歷史。若有機會的話想再去看看。」

「沒有問題，書院隨時歡迎你的到來。我想愛麗絲應該向你提過了，夢境裡的歷史都詳實地記錄在錄夢閣中，若能懂得善加利用，絕對可以幫助你瞭解許多事情。不過須請你遵守一項規則：在錄夢閣裡只能進行個人的閱讀，不得與他人討論內容；倘若有闡義的需求，請你們移至達觀堂來討論。這是為了保持歷史的公正性，請你務必謹記。」

「我瞭解了。」弗朗茨再次答應。

「寶玉哥哥，我看見你的魂魄在外頭。」愛麗絲向一旁的青年說道。

此時背對著他們的男子懨懨地轉過身來，弗朗茨看了卻大吃一驚，原來他與庭院的青年們長得一模一樣，體型、面貌絲毫無異。而憂鬱的青年並沒有答覆，只是垂頭喪氣地發出嘆息的聲音。

「弗朗茨，這位是賈寶玉。」莊周替兩位引薦，一人一蟲頷首打了招呼。弗朗茨這時更加注意到，眼前的這位賈寶玉雖然相貌和外頭的青年們一個模樣，可是身上的裝束全然不同，打扮起來更是雍容華貴——絳紅色的緞面袍子繡著綻放的金色牡丹，腰間束著青攢花結長穗宮絛，腳下是靛緞朱花小朝靴，頸上繞著純金鍛造的項鍊子，鍊子上鑲著一顆溫潤透澤的通靈寶玉。只不過，儘管賈寶玉穿得一身華裳，秀麗的眉宇間卻藏著暗潮般的愁緒，彷彿整個人失了魂魄般，極強烈的對比讓弗朗茨有種只見衣裳不見人的錯覺。

莊周趕緊將愛麗絲和弗朗茨請入席間。

弗朗茨一面走進達觀堂，一面觀察四周的環境。

只見明亮寬敞的房間裡簡單擺了五席，桃木矮桌及竹編蒲團兩兩一組，在灰石地磚上排成「凸」字形狀。主位由莊周入座，賈寶玉和愛麗絲列席右側，左側的位子則留給摩托及弗朗茨。弗朗茨入席以後，卻忽然被四周的牆壁吸引——在那蒼白的牆面上掛滿大大小小的古鐘，形式不一，與其說是用來看時間的工具，倒不如說是讓人們「確認有某種事物正在行進」。每座掛鐘底下都附有一組鐘擺，晃晃蕩蕩地，搖擺的速度並不一致，快的鐘擺在眨眼間便來回無數次，慢的鐘擺卻恍如彗星穿越銀河般漫長。此刻達觀堂裡上百個鐘擺同時用力地擺盪，理應是非常嘈雜的環境，卻沒有發出任何的聲響。完完全全的安靜，簡直就像是在對世界提出無聲的警告。

不久摩托也飛回達觀堂，將攜來的書籍放在莊周桌上，旋即棲入剩下的座位。席間一陣寒暄，莊周再次與弗朗茨簡述夢境的歷史，特別是關於榮格之核以及四座島嶼如何發展，內容與彼得說的相去不遠，講起故事來卻更加風趣智慧。莊周將桌上的書籍交給弗朗茨，建議他回去閱讀夢境的歷史，瞭解世界的脈絡。「若說世界的本質是核的話，歷史便是經過淬鍊的殼，而我們的生活就是土壤。」莊周想了一想，「關於夢境的準則，還有許多事情必須讓弗朗茨瞭解，不過這些可以稍後詳談。今天正巧是我們相聚的日子，不如就請在座各位先來談談自己的生活吧。」

「那就讓我先分享吧，嘻嘻。」摩托首先開口。

——我們的生活是土壤之一：巨蛾摩托

幾天前，奶奶的幽靈再次出現在我的房子裡。

自從三年前奶奶第一次出現在我的公寓後，每年到這個時節，奶奶便會突然出現在我的家中，睜開眼就像太陽照進屋子裡一樣自然。奶奶說，每年七天的「生靈節」是族人最重要的日子，那是家人團圓的日子，是感謝神靈的日子，因此每逢此時她便從彼岸來到夢中，和我一同紀念古老的民俗。

其實在奶奶來到夢境之前，我曾獨自度過一段失落的日子。那時我對自己的身分一無所知，也無從知曉自己為什麼會以古怪的樣貌來到夢中。我急於找到自己的定位，從生物上的、民族上的、性靈上的、地緣上的，各種線索我都嘗試探尋，可是這段時間我一無斬獲。當時我強烈地感受到與外界的疏離感，我想那是非常直觀的自卑所造成的，生物上的距離造成心理上的距離，而心理的距離則像宇宙一樣不斷地膨脹。我試著用盡心思去想起自己的家人，也許血緣的依存可以給我安慰性的解答，但是沒有辦法，對於家人的印象我是一點兒也沒有，好似從來沒有根源一樣，我一直都是孤獨地活著。

直到奶奶出現在我的房子裡，我的根脈才逐漸浮現清楚的條理。

根據奶奶的口述，我們的民族源自於世界的中心，部落的文化從河流裡長出來，像灌溉田地般在廣闊的平原上注入文明的養分。託土地的福，我們舉族繁盛、衣食無虞，幾百年間就在平原上開枝散葉。過去的族人以採集蔬果為食，偶爾獵捕野獸，或是從河裡撈取漁獲，自然的生命孕育著我們，飲水思源的族人因此製作許多詩歌感謝它們，並且頌揚造物者慷慨無私的贈予。

根據我們古老的傳說，造物者耗費七天創造出世間萬物，從土地、河流、日月、星辰、飛禽、野獸，直到最後一天才創造出人類的先祖。我們將這七天訂為一年最重要的日子，取名作「生靈節」。在這七天的節日裡，族人會從世界各地聚集到起始之城，在那兒有座神聖的祭壇聳立在平原之上，我們團團圍繞在祭壇的四周，誠心感謝造物者的偉大賜福，感謝與我們共生的萬物與自然，感謝傳承我們力量的血緣與文化。在節日期間我們不做生靈的弒屠，僅在正午與日落之時吃點蔬果果腹；而用來獻祭的，是人們靠自己的天賦所創造出來的事物，例如詩歌、繪畫、戲劇、舞蹈等。我們用自己的感官與智慧創造藝術，以此回饋偉大的造物主。

這次的生靈節，奶奶依舊與我講述七天七夜的故事。在最後一天的晚上，我們祖孫倆共同創作了一首美麗的詩歌，聽取來自內心的血緣與羈絆，將微小的自身獻祭給偉大的造物主。現在請各位聽我唱來：

♪

我們靈魂的賜主，豐碩的生命如我，

將星塵般的情感奉獻予祢；

我們靈魂的賜主，微小的生命如我，

將蒼空般的情感奉獻予祢。

若祢不吝一嚐我們的生命之果，

請將果實的汁液留給我們的子孫；

只願族人世世代代品得生命之甜美，

生生世世莫忘世界之苦痛。

♪

──我們的生活是土壤之二：少女愛麗絲

最近我作了兩個夢，一個新的夢，一個舊的夢。

在新的夢境裡頭，我的父親新娶了三個女人。新娶的女人們來自遙遠的東方，當初父親隨著軍隊穿過沙漠與湖泊，沿途征戰無數個異族部落，將東方的女人帶了回來。父親回到城裡的那天，我們全都好奇地跑到家門口張望，三個女人的車轎就夾在凱旋的行伍裡頭，前前後後載著無數的奇珍異寶。當女人一一掀開珠簾屈身走出來時，那畫面實在美得令人難以忘懷，她們身上穿著異國的服飾，綴著異國的珠鍊，搽著異國的妝容，發著異國的香味，身姿婀娜地往屋裡走去。所有人都屏息瞧著這三個即將冠上父親姓氏的美豔女人。「看看她們，」母親的聲音卻從我身後幽幽傳來，「美麗得像藝術品的女人們，最後還不是得離家依靠男人過上好日子。」女人畢竟是亞當的肋骨，母親說。

父親為新婚舉辦了盛大的晚宴。宴會當天太陽西下時，賓客們從黃金打造的大門來到城堡裡頭，上百輛的馬車熙熙攘攘地擠進金黃色的大道，車上的男男女女全穿著最時髦的宴會服飾，花花綠綠地穿過中庭往宴會廳走去。當晚我被母親要求穿上最高雅的舞會服裝。老實說我非常討厭那套服裝，那剪裁使得我的身體非常不自在，腹部綁著透不過氣的束腹，腰間頂著沉得嚇人的蓬鬆裙子，袖上的蕾絲搔得我奇癢難耐，珠鍊則像鉛塊一樣綁在頸子上。「妳很美麗，今晚所有男孩子都會喜歡妳的。」母親對做好裝扮的我這樣說，但我並不清楚為什麼要用這種不舒服的方式討男孩喜歡。依照大人們所說，男孩得適時表現他們的思想與談吐，而女孩則要將注意力放在自己的美麗與儀態。這使我想起三個嬌豔的後母掀開珠簾子的模樣。

宴會終於開始。男人們起初在華麗的舞廳中高聲交談，他們一面喫著美酒佳餚，一面談論政治、經濟、哲學、教育等；女人們則像掛在牆上的美麗服飾般留在舞池的外圍，搖著扇子輕聲談論愛情、美食、婚姻與八卦。當優雅的音樂在宴會廳裡輕輕響起，男人才一個個像領取舞衣般將打扮時髦的女人邀上舞池。

根據我的舞蹈老師所指導，跳舞時男人應該居於領導地位，而女人則須將自己的身體全然交予她的男伴。此時女人必須是柔軟而依賴的，她們得仔細聆聽男人的指示，接著踏出配合的步伐。多餘的思考對女人而言是不必要的，細心的觀察才是。於是在舞池裡頭，我開始將注意力放在我的男伴身上，專心地配合著他的舞步。但眼前這位男士似乎是個對舞蹈生澀的人，在許多不恰當的時機踏錯步伐，也幾次使力過度幾乎要扭傷我的手腕。雖然我對此感到無奈與不適，卻也只能笑臉以對。「多餘的思考對女人而言是不必要的，細心的觀察才是。」舞蹈老師的話一直刻印在我的腦子裡。

就在這個時候，宴會的氣氛逐漸熱絡起來，父親紳士地領著三位美麗的新娘走向舞池中央。三個東方女人依舊美豔動人，身上穿著比上次更加嬌媚的異國服飾，身形的剪裁和細部的墜飾都讓女人們看起來婀娜多情。隨著音樂的流動，她們慢慢以父親為中心旋轉了起來，我這才發現父親是個絕佳的舞者，他倨傲地輕輕擺動身體，看似漫不在乎，卻熟稔地將三個女人環繞在自己身邊，那畫面好似狂風將落花們輕輕捲起，春天的香味也陣陣傳到我的鼻息之間。四人在舞池中忽前忽後地踏著舞步，速度愈來愈快，情感愈來愈激昂，此時音樂和舞蹈逐漸來到高點，父親倏地發出一聲長嘯，歌舞驟然靜止，古典畫般的景色讓眾人屏息良久，最後才轟然響起賓客如雷的掌聲。

我看見母親此時卻像被遺棄的傢俱般坐在宴會廳一角，從她的眼神裡我感受到女人的嫉妒心事，就如同她平時狂暴地對我埋怨那樣。我下意識地避開母親的視線往其他地方走去。此刻舞池的音樂已歇，我看見平時的玩伴和一群男孩聚在一起，於是便向他們走近。男孩們看見我卻立刻露出輕浮的表情，「嘿，你的未婚妻來了。」他們笑著對我的玩伴說，他卻羞臊地推了一下拿他取笑的夥伴。我開口詢問他們在談論些什麼，男孩們七嘴八舌說了些學校的事情，講了些學校新學到的知識。理應這些知識是不會在女孩間流動的，因為我們沒有去學校，我們不被鼓勵學習這些知識，這些事情女人被認為是學不來的。但是好奇的我經常偷溜進父親的書房裡閱讀，所以男孩們所學習到的知識，其實我從書上都有了粗淺的概念。「妳懂得古典希臘哲學嗎？」其中一位男孩露出得意的眼神衝著我問。很幸運地，我曾在父親的書房裡讀過古希臘的歷史與哲學，於是便將當時的幾個重要哲學派別說給他們聽，並且將幾位哲學家的思想與其脈絡粗略講了一遍。男孩們聽著聽著，臉色漸漸沉了下來，我的玩伴也頻頻用眼神示意我別再多說。「看看你美麗的未婚妻，還是個博學多聞的人呢。」其中一個男孩語帶諷刺地說。

於是男孩們話鋒一轉，開始拿我的身體取笑。他們笑著說我的身材愈發豐滿標緻了，算是女孩中發育比較優良的，只是屁股有點太大；他們又說我今晚穿得很漂亮，一定像其他女孩一樣從早就在鏡子前打扮自己（男孩一面說，一面做出妖嬈化妝的詭異模樣）。他們大聲訕笑的樣子使我感到非常不愉快，雖然我據理爭辯了幾次，但終究不敵眾人的嘲笑。在男孩們的環伺之下，我感到強烈的無助感幾乎要傾覆我的意志。

此時我發現一旁的大人們已經注意到我們的爭執，卻沒有任何人上前制止男孩們的無禮舉動，尤其是幾位坐在舞池旁的婦女，更是各個對我投以淡漠的眼光。突然間，我看見母親就坐在她們之中，帶著恚怒的眼神朝我瞪視，接著令人難以置信地，她的嘴角突然露出一抹冷笑，彷彿在嘲笑我的咎由自取。頓時我感到一陣無以名狀的羞恥，忿忿朝舞廳的門口走去……

新的夢境就結束在這兒。當時我嚇著醒來，渾身顫抖著。睡眠已離我遠去，心裡頭卻仍有一團混亂在四處騷動，久久無法平息。我試著將書櫃上的書取下來閱讀，可是翻了好幾本都讀不進心裡。其實這並非當時的問題而已，而是更長久性的困擾。這些書籍雖然是世界公認的經典作品，但老實說，我在閱讀它們時總是感受到一層難以言喻的隔閡，總覺得這些故事描繪的並不是我的心境。我幾經思索，才發現這些作者都是男性，他們筆下的愛情並不屬於我，他們筆下的婚姻並不屬於我，他們筆下的戰爭並不屬於我，他們筆下的歷史並不屬於我。難道我真如夢境裡所說的，不應該觸碰這些知識嗎？我的存在並不值得被書寫出來嗎？當時我感到一陣悲慟，覺得自己的存在過於飄渺無依。於是我拿出自己長年書寫的札記，看看那些出自於我心靈的記述，看看那些我所經歷的喜悅與悲傷，它們被確實地寫在一張張黃紙上頭，它們使我覺知自己心底的成長與秘密。然而，我確信自己終將成為一座荒塚，而這些札記將會隨著我的存在埋入土裡。思及此處，我便哭泣起來，埋在紙堆裡睡了過去。

於是舊的夢境便在此時找上我來。

在舊的夢裡頭，和我長得一模一樣的男孩反覆被我掐死。在我屍白的雙手底下，那個男孩因為咽喉被扼住而逐漸失去現世的空氣，但是他絲毫沒有痛苦的表情，只是露出憐憫的神情盯著我瞧。我持續聽到自己尖聲大叫，撕破嗓門地喊叫，奮力把雙手扼得更緊，手指幾乎陷進男孩的皮膚裡頭。就在男孩瀕死之前，有一瞬間我會看見自己躺在那對蒼白的雙手底下，臉上的表情哀傷中帶著憐惜，巨大的悲苦自我的心底湧上，滑溜溜地混合所有情緒從五臟六腑滾滾而出。我近乎吐了出來，可是手上的力道卻持續地加強，直到男孩蒼白的臉再度浮現，與我輕聲道別為止。每次我想起夢中的那聲道別，總是感到既溫暖又哀傷……

——我們的生活是土壤之三：少年賈寶玉

黛玉死了，就在兩天前的午夜。

林黛玉是我一生至愛之人，此生再也不會有了。在遇見她之前，我曾經度過漫長的寂寞。那真的是相當漫長，看不到盡頭的孤獨之路。白天我正常的勞動，可是每到夜晚時，寂寞就像寄生蟲一樣悄悄鑽出地面，然後化成霧一樣漫延，在一片失去方向的迷茫之中，在一陣頭昏腦脹的悲傷之中，總有東西在底下費力啃蝕，那是什麼我也說不清楚，可是誰也看不見我，誰也救不出我。那時是孤獨的我想，非常地孤獨，極度地孤獨。孤獨是你走到哪都像隔一層薄膜，任誰都無法進入，你也無法破除，但你總相信會有另外一個孤獨的人穿過那層薄膜走進來。我想，持續抱有這樣的寄望就是寂寞吧。

老實說，我真的以為我會永無止盡地寂寞，我真的以為我會無法脫身於那片泥沼。我的生活逐漸被迷霧般的愁緒所籠罩，煩惱甚至會在夏日的午後突然襲來，將我重重擊倒在豔陽之下，站也站不起來。

就在我的生活瀕臨傾覆之時，黛玉出現了。那是一個迷茫的夜晚，她忽然出現在我的宅子裡頭，站在佈滿荷花的湖心亭中，簡直就像我心底長出來的女孩一般，垂著眼捧著心靜靜地呼吸著。夜色透過池子映在她的臉上，帶有荷花香氣的晚風輕輕撩過她的細髮，穿過夏日的湖水吹進我的心底。說來好笑，當時我看得醉了，過了許久才上前和她攀談。在那個溢滿夜色的湖上，我突然有種強烈的感受，我們走進了彼此寂寞的薄膜，我們在透明色的膜裡互相理解與包容。當時我們如兩個黑洞般強烈吸引著彼此，任何引力都無法甩脫我們的愛情。

從那天起，我們在大觀園裡盡情享受私密的愛情。擁有黛玉使我的生活愈來愈豐富，我的心靈像從寂寞的土裡被挖出來一樣，她將我靈魂上的沙塵撥掉，像塊玉般呵護在手上。我的周遭開始出現色彩，原本荒蕪的莊園逐漸有了生命的氣息，花草開始繁盛，蟲鳥開始聚集，我們的愛情滋潤了世界，而世界見證了我們的愛情。我永遠無法忘記兩年前的春天，整座大觀園就像春神舉辦的饗宴，所有的花朵都燦爛地盛開，五色鶯燕雀躍地穿梭其中，每當春風悄然拂過，迷人的香氣就四散在空氣中，簡直像女神們旋著美麗的舞蹈從身旁經過一樣。

就在那個溢滿春色的午後，我和黛玉完全地交合了。她的肌膚像是夏日的蜜桃，經由我的觸碰滲出甜蜜的汁液，喘出的每一個氣息都是花香，我彷彿墮入桃色的山嵐裡，那刻我真的覺得我從寂寞的牢籠裡釋放了。我穿透了她成為我自己，我成為了完整的賈寶玉。

「可是這和我想的不一樣。」在春天的落花堆裡，黛玉靜靜流著眼淚說出這句話。

之後她就病了。從那天起黛玉身心的狀態每況愈下，經常臥病在床。我們花了許多時間在處理她的不安與恐懼，爭吵的次數卻愈來愈多，那時我才突然發現，原來她就是我的一面鏡子，我們因為瞭解而相愛相憐，也因為瞭解而互相折磨。「可是這和我想的不一樣。」黛玉的話隨著淚水滲進我的心裡。是不是我害她變成這樣子呢？我不禁這麼想。雖然我們依然時常擁抱，也時常親吻，但她就像逐漸凋零的花朵一樣，每天都往枯萎的日子邁前一步。

終於在兩天前，她離開我了。當她闔上眼睛的那一瞬間，我覺得心裡的一部分也離開了，跟著林黛玉一同消逝在這個世界。這幾天我無時無刻看著她安詳的遺容，偶爾會看見我自己躺在那兒，於是我想，究竟是她活著還是我活著呢？我是林黛玉還是賈寶玉呢？大概，也不是太重要了吧……

——我們的生活是土壤之新的土壤：黑蟲弗朗茨

經過三個故事的洗禮，達觀堂的氣氛變得寂靜而憂傷，卻也隱隱流動著豐富的生命底蘊。

弗朗茨瞧瞧四周的人們，瞧瞧愛麗絲，瞧瞧摩托，再瞧瞧賈寶玉，彷彿可以感受到他們身上所帶有的時代性土壤，和土壤之下所流動的潔淨的水。要談談他自己嗎？莊周試著問弗朗茨。他想了想，雖然自己來到夢境的日子不多，卻有些心靈上的體悟。於是，他便試著將自己短暫的生活理出一些頭緒，與現場的各位一同分享。

他來到夢境的時間並不長，因此他還清楚記得自己出生時的感受。在他出生以前，世界與他是一體的，所有事物皆包含在自己的內部，慢慢地醞釀與發酵。在那個時候，彷彿有一塊如玉一般的未知事物溫潤地發著光芒，而萬物皆在溫玉的四周靜靜地流轉，同時自某處不斷有新的事物挹注進來，曳出一縷一縷彩虹色的光譜，轉瞬間又溫柔地消融在一塊兒。所有的事物最後皆祥和地流轉，隨世界砰咚砰咚地鼓動。

直到破卵而出，他才終於成為一個獨立的個體。巨大的空虛卻像夜幕一樣陡然降臨，他成為一隻孤單的蟲子，獨身處在幽暗的房間裡頭。他起初最不習慣自己的外貌，形體儘管是存在的一種形式，卻與他先前與世界同為一體的性質不同。他只能孤獨地凝視鏡中的自己，很久很久，無從知曉他究竟是誰。從表面上他看不見自己。

摩托很快地找到這隻黑色的蟲子，並且告訴他夢中的名字：弗朗茨。弗朗茨，他被賦予的名字，他的另一個存在的形式。弗朗茨自此開始感受到存在的確實性——除了知曉他的形體、他的名號之外，當其他的個體進入他的生命之時，弗朗茨便開始從主體的對立中感到自我的萌芽，就像新生的土壤在腳底生成一樣，使他漸漸感到生命的踏實。靈魂的孤獨與恐懼於是漸漸消散，取而代之的，是對於未知的自我感到興趣與期盼。

他因此決意出發探索世界。他想要透過學習，他想要透過冒險，去探尋躲藏起來的自我。他想要知道他是誰，他想要知道他為何誕生於此，他想要知道存在的價值，他想要知道生命的意義。這是弗朗茨第一次感受到生命的喜悅。而現在，他已經對自己的生命提出疑問，從今以後，他必須出發找尋，踏實地去找尋，一直找到問題的盡頭。

(8)

分享完彼此的生活後，達觀堂一片寧靜。

牆上的鐘擺不斷晃盪，忽左忽右，忽快忽慢，去了一個地方，又回到原處。

「謝謝你們真誠分享自己的生活，」一段沉澱後莊周才開口說道，「從各位的分享之中，我彷彿能看見一條巨大的水脈，而那清澈的水流底部正閃耀著自生活中淘出的金色砂石。只要我們沿著這條水脈蜿蜒而下，總有一天會流向生命的匯流之處。現在，就請你們享受這趟旅程，去找尋生命的答案吧。別忘記世界所賦予你們的珍貴事物，那是本質性的核，而歷史是堅硬的殼，生活則是應該踏實的土壤。」

弗朗茨想著那所謂的匯流之處，他確實從中感受到一種生命的集體性。生活的土壤掩蓋在它們的表面之上，以千變萬化的姿態構成他們的生活；可是在那鬆軟的土地之下，他們共有歷史構成的堅硬的殼，殼上刻有不容忽視的溝痕，那將會是影響他們生活的絲絲脈絡。而賦予這一切生命的，是更深層的核。核在那底下跳動著。自從他來到書院看過世界的源頭後，心中的事物已被世界喚起，如同被遺留的碎片般小巧而溫暖地積澱在心底，將伴隨著他度過短暫的生命。

「親愛的弗朗茨，是時候出發去探索你與世界的關係了。」莊周對弗朗茨說。弗朗茨答應莊老夫子。他確知生命的問題既然已被提出，就必須勇敢地出發找尋解答。此後只會有更多問題紛至沓來，黏在他的生命中無法甩脫，而他必須抱著謙卑的心向世界探尋。他靜靜想著胸中溫暖的事物，他想，世界的源頭已經賜予他重要的一部分了，而他將帶著這重要的一部分，去經歷他獨有的生命，去挖出自我的寶藏。

到此達觀堂的聚會便結束了。

聚會結束以後，弗朗茨向賈寶玉表達自己的哀悼。

「謝謝你，」賈寶玉神色哀戚地說，「儘管我知道愛情的死亡是必然的，卻對即將到來的孤獨感到不知所措。我也曾經想過，或許我們倆從一開始就不應該相遇——若非嚐過愛情的滋味，寂寞如今也不會如此懾人。可是弗朗茨，我請求你好好記住現在的我，曾經擁有林黛玉的愛情的我。此時此刻，她就在我的心中，充斥著我的心靈，使我感受到生命的富足，使我品嚐到愛情的喜悅。這樣的我再也不會有了。未來的我可能會再遇見其他女子，也可能與她們相戀；但是，被林黛玉的愛情充斥的此時，在我們愛戀與別離的此刻，那是一輩子只能有一次的，那是永遠不會再重來的。善良的弗朗茨，請你將我好好記住，無論我將失去什麼，請記住我現在的樣子。」

「我會牢牢記得的。」弗朗茨說。

寶玉再次長長嘆了一口氣，緩緩說道：「等到核蝕結束後，便是黛玉下葬的日子。希望你們到時能前來悼念，記住她最後的容貌。」說完後寶玉便如失了魂魄般悵悵望著遠方，再也說不出話來。

第二章

(1)

離開書院以後，摩托和弗朗茨飛往回家的路上。天空的顏色愈來愈昏暗，風雨欲來的緊張感混雜在空氣當中，弗朗茨隱然感到某種鏈結正在鬆脫，人們的靈魂就像日蝕一般被黑暗漸漸遮掩，光明躲在陰影身後，暫時無法給予他們日常的希望。恐懼已經等不及從某個地方逐漸散開了，他有這樣的感覺。弗朗茨的心中感到惴惴惶惶，也許是關於黑暗的故事他聽得怕了，但是該來的事物是誰也無法阻擋的。

途中弗朗茨問起黑貓彼得。

「剛才彼得怎麼沒有加入討論？」

「彼得？你是說那隻調皮的黑貓嗎？」

「嗯。」

「他就是愛麗絲呀，嘻嘻。」

「彼得就是愛麗絲？」

「是的，彼得就是愛麗絲，愛麗絲就是彼得。那隻黑貓從以前就一直住在愛麗絲的心裡，偶爾會跑出來說說話，聽起來就像是個小男孩。那孩子啊，雖然擁有自己的意志，可是仔細觀察後，會發現他與愛麗絲簡直一個模樣。就我的猜想，愛麗絲從以前就一直被性別的鎖鏈所束縛著，彼得也許就是她反彈世界的眼光所誕生的另外一面。」

「性別的枷鎖啊，這件事情我從來沒有想過……」

「我也是呀，嘻嘻。可是事情就是這樣喏，我們認為理所當然的世道，有時卻殘酷地在某個地方折磨著另一群人。每個人或多或少都背負著這樣的東西噢，如果自己的模樣不被環境所接受的話，我們就會不知不覺被擠壓到不成人形，最後甚至在心裡長出某種未知的事物。真的是你想像不到的東西噢，嘻嘻。不過說到人形，我這隻奇怪的蛾大概沒什麼立場吧。」

「你剛剛也有提到自己的外貌？」

「對，其實這也是我想跟你談談的。弗朗茨，你和我一樣，生來就不是人類的模樣，在現行的環境也許會生活得比較辛苦。可是這並不是壞事噢，我們可是多了雙翅膀，可以更加靠近天空的昆蟲呢，嘻嘻。只是當然也會遇到一些挫折的事情，就像我剛才所說的，『自己原本的模樣不被環境所接受』這樣的事，久而久之會變成『自己的模樣不被自己所接受』的心境，於是社會性的疏離感便會混雜著恐懼，像水缸破掉一樣不斷流出來淌在心底。說說我自己的經驗吧，剛來到夢境時，我對於自己飛蛾的形體感到非常不安，當時我把自己困在房間裡頭，獨自面對日益龐大的恐懼，思索著為什麼自己的樣貌與別人有著海底裂縫般地差異。『為什麼是我呢？』那雙巨大嚇人的翅膀，那些觸感詭異的絨毛，為何生來就與其他人不同呢？就像剛剛在書院提過的，我曾試著想起家人的身影，希望世界上有人和我有著血緣上的連結，可是我的記憶一無所獲。最終他們一次也沒有出現在我的印象裡頭，長久以來我都孤單地獨自面對身分上的恐懼。

奶奶是在很久以後才出現在我的屋子裡。她的出現像錨一般在我的記憶裡拋下定點，終於使我脫離漂流的宿命。但在這之前，有另外一位伸手將我救出泥沼的心靈，那就是你的父親——卡夫卡。

卡夫卡和你一樣是個美麗的黑色蟲子，高雅的軀殼裡蘊有著高尚的品格與思想，還有直視醜惡的堅韌與勇氣。當時你的父親來到我的面前，他對著我說：『在世界面前我們是平等的，我們無一錯失世界的愛。』惟有接受自己的不同，才能懂得尊重與付出，我想這是卡夫卡教我最重要的事情。

後來他帶我到桃花源的太虛書院，領著我見了納比。而我也從黑色的門後看見世界的真相。你知道我從那個錐型的孔洞看見什麼嗎？（弗朗茨搖搖頭）我看見生命的起源。從世界起頭的那個瞬間，到所有生物演化至今日的模樣，那是條源遠流長的生命河流，我們像繁星在銀河裡點點閃爍。在那一瞬間，我好像明白了什麼，心底那份堅硬的疏離感就這樣消失了。我不再執著於外顯的樣貌所帶給我們的圈囿，在那個限制之外，我發現我們的底下的東西都是相同的，在那裡有許多血液和情感，有許多基因和智慧，我們所共同享有的，世界所賦予我們的生命和流瀉至今所累積的共有資產，都存在我們的體內。如此一來，我何必因為自己的形貌而感到疏離呢？我相信你也是一樣的，弗朗茨，就如同卡夫卡說過的，我們無一錯失世界的愛。」

摩托所轉述的那些話語，那些父親卡夫卡所曾經活過的證明，都像磁石般引動著他心底的某處，如同摩托曾經說的，父親所遺留在他體內的東西，仔細聽的話會聽得見噢。他一邊飛一邊想著，心底似乎響起美妙的旋律，緊緊伴隨著他成長中的孤單心靈。

「謝謝你與我分享父親的事情。」弗朗茨說。

「有時我也非常想念他。可是生命就是如此，我們會相遇，就會告別，那就像硬幣的兩面，翻個身就蹦了出來。可是能夠親眼見到你的誕生我十分開心噢，嘻嘻。歡迎你來到夢境的世界，弗朗茨。」

談話之間，兩隻飛蟲已經回到他們安身的公寓。

這時候時間尚早，摩托決定帶著弗朗茨去採集欲望。

摩托帶著弗朗茨前往附近的社區巡視，他們在一棟又一棟的公寓之間穿梭，路上卻像是真空的宇宙一樣安靜。弗朗茨發現每幢房子外頭都接有一條透明導管，如腸子一般排泄著金黃色的液體，收集到下方的透明罐子。「那就是用來燃燒的欲望之液。」摩托告訴弗朗茨。據說每到晚上人們進入睡眠時，欲望便會從思想裡滲出，流到床底下的採集槽，再引入埋藏屋裡的管線之中，最後排出房子匯集到各家的玻璃罐子。每間房子的集液速度不一，平均要二十個季節才能搜集完整的一壺欲望，而他們的工作就是將集滿的欲望送到奧林帕斯山上。

他們在社區一間一間巡視，大部分的罐子都尚未集滿，好不容易才看見一壺滿溢的金色液體，弗朗茨好奇地伸頭一望，那人類半身高的玻璃罐子裡裝滿了金色玉液，相當飽滿的欲望，沒有外力卻劇烈地湧動著，用雙眼瞧著都能感受到撞擊心臟般的強烈欲求。第一次見到欲望的弗朗茨被它熱烈地吸引著，人們的美好與憎惡似乎都醞釀在裡頭，它們就是夢境的泉源，是世界生出枝椏的種子，是世界產出毒素的養分。看著光彩奪目的金色欲液，弗朗茨竟忍不住伸出手想要觸摸。「別摸！」摩托從一旁喝止，「摸了會滲到你的身體的。」讓別人的欲望滲進身體可不是件好事，他說。

摩托取出準備好的麻布蓋住壺口，再用繩子纏繞數圈，捆緊之後交給弗朗茨，最後換上預先擺在一旁的空罐子。原來裝滿欲望的玻璃罐子出乎意料地輕盈，舉起來幾乎感受不到重量，弗朗茨只需將它穩當扶住即可，要捧著它在天上飛行並不費力。黑蟲用他的細肢黏住玻璃罐子，此時透過玻璃的表面，他能夠感受到欲望的溫度正暖烘烘地傳到自己的胸口，一陣一陣地，像是安靜的潮湧般輕推著他的心靈。

正當他們準備離去時，屋子裡的一家人卻恰巧從大門走了出來。這家人是一對年輕的夫婦與一雙兒女，穿著一式剪裁顏色的輕便服裝，四個人面色寧靜，並不彼此交談，只是和巨蛾與黑蟲匆匆交換眼色便迅速離去。弗朗茨目送一家人遠去的背影，想著手上這壺滿滿的金色欲望便是來自於這家人的思想，即將被自己送去奧林帕斯山上變成核的燃料，心裡烟起難以言喻的感受。遺失欲望的人們是怎麼生活呢？憑著生物的本能與直覺嗎？他們會有進步的動力嗎？會有平凡的憂慮嗎？他們會被困在平靜安詳的世界嗎？沒有因為欲望而產生的爭執吧？沒有因為欲望而產生的愛情吧？

此時家中的小女孩突然偷偷回頭瞥了他們一眼，那眼光裡閃爍著某種希望的神色，調皮地吐了吐舌頭，留下一個淺淺的笑容便轉身而去，假裝一切都沒有發生的模樣。「看看那雙對世界好奇的眼光，那孩子一定還保有一點欲望。」摩托說，「也許是晚上作了許多夢吧，嘻嘻。聽說夢會把欲望蒸散，以類似氣體的狀態留在身體裡頭。不過人們必須為自己的欲望負責噢，那可不是簡單的事情。等她再長大點就不會作夢哩，嘻嘻。」弗朗茨試想夢中的女孩在氤氳的欲望中露出無懼的眼色，嘴角淺淺地笑著。也許她應該像這樣保有自己的欲望，而不是被搜集起來被拿去當作世界的燃料。但那會有什麼樣的後果呢？女孩也許會成為勇敢的人，也有可能成為霸道的人；女孩也許會成為狡獪的人，也有可能成為機智的人。要為自己的欲望負責，那可真不是簡單的事情。

弗朗茨想起莊周曾經說過，在欲望成為榮格之核的燃料之前，人們曾保有自己思想裡的欲求。當時世界生氣蓬勃，人們散發著無比的熱情，愛智慧、愛藝術、愛科學的人們不斷創造讓人驚嘆的事物，卻同時存在因欲望的拉扯而造成的紛爭。後來紛爭的規模愈來愈大，建造的速度趕不上毀滅的速度，人們開始大批死亡，森林被烈火燒成焦土，湖水被毒液染成黑色，蟲魚鳥獸都逃不過欲望的摧殘，世界近乎因戰爭而毀滅。最後人們不得不決定將欲望抽離，送至奧林帕斯山上如廢料般囤積著。只是隨著時間經過，囤積的欲望卻多到從蓄池滿溢出來，一路沿著繩索流到榮格之核裡頭，意外引發核的劇烈燃燒；這使得人們再次受到欲望的誘惑，於是，他們決定將欲望當作核的燃料，不斷傾倒從思想裡萃取出來的欲望之液。「事實證明我們永遠無法擺脫欲望，」莊周說，「核蝕就是最好的證明，我們依舊享受著欲望所帶來的黑暗與光明。」

弗朗茨隨著摩托飛在社區的街道間，路上的人們開始出外活動，他看著城市裡一個個移動的人們，那一張張面無表情的模樣，規律地踏著腳步向前邁進，沒有猶豫沒有踟躕，沒有理想沒有信念，眼前這些被剝除欲望的人們似乎並不抱有未來的價值，他們捨棄了思考的權利，只是維持世界運作般秩序地勞動著。弗朗茨不禁思考起來，這樣的勞動將會是他所需要的生命經驗嗎？他能夠從中探索世界與自我的關係嗎？他感受到自己依舊存在於身體裡的欲望，迫使他思考勞動的價值，迫使他探求生活的意義。他想，沒有欲望的世界確實和平而沒有紛爭，所有的貪婪與爭執都被弭平，但似乎也將希望一併收進潘朵拉的盒子裡；相反地，若是想打開盒子窺探希望的模樣，自然也會放出那些邪惡的欲念吧？**欲望的兩面性**。這讓弗朗茨仔細端看自己手上所保有的尖銳事物，在追求生命價值的過程中，他必須更有意識地使用欲望才行。

穿過幾個街區之後，他們又看見一壺裝滿欲望的玻璃罐子。摩托用同樣俐落的動作將罐子束口抱在胸前，於是兩隻蟲子便張開巨大的翅膀，出發前往北方的島嶼

「奧林帕斯」。

(2)

摩托和弗朗茨各自抱著一壺金色的欲望飛在空中，微弱的光線從榮格之核的表面透露出來，弗朗茨感受到空氣中似乎存在某種微弱震盪，帶著人們的記憶和欲望，正悄悄地滲入他的身體。他們沿著人體的繩索往世界的頂端飛去，弗朗茨看見裸露的人們彼此糾纏、快速旋轉，縱情發出無邊無際的欲望——歡愉的尖叫聲、撕裂的慘叫聲、悲愴的嚎叫聲，全部都混雜在一起震撼著弗朗茨的感官，使他感到一陣難以忍受的暈眩，腦袋昏昏沉沉地朝天空飛去。

人體的繩索筆直地向上延伸，最後消失在白色的迷霧之中，而整座奧林帕斯都籠罩在乳白色的雲霧裡頭。摩托告訴弗朗茨，欲望的池子就在繩索的盡頭，位於奧林帕斯的山頂上，但是他們得從奧林帕斯的山腳出發，穿越重重的哲學迷霧，帶著自我的信念尋道上山。他提醒弗朗茨，由於奧林帕斯是信念的實現之地，因此在充滿迷霧的深山裡頭，人們的信念會幻化成各種事物，時常遮掩尋道者的雙眼，隱蔽尋道者的心靈。他們會需要一位熟悉方向的引道之人，因此摩托提議前往西方，那裡有他熟識的引路者。

兩隻飛蟲於是轉往西邊飛去。乳白的雲浪在他們上方不斷翻湧，離開充滿欲望的人們讓弗朗茨終於舒緩許多，他看著白色的雲霧在身邊繚繞翻騰，感覺自己的心靈像被重新洗刷一樣，使他的靈魂再次變成一片乾淨的畫布，就要等待嶄新的經驗在他的生命塗抹色彩。

經過漫漫長長的飛行以後，忽然，奧林帕斯的表面從雲海間探了出來，一股荒寂的氣味卻向弗朗茨撲面而來。他定睛一看，原來奧林帕斯是一座漂浮在空中的巨大島嶼，島上盡是焦黃破碎的土地，乾燥的土壤彷彿久旱一般張牙舞爪地綻裂開來，荒蕪的焚風吹得四處黃沙滾滾，大大小小的礫石散落其間，只有稀疏的灌木勉勉強強生長著。初次來訪的弗朗茨對眼前的景象感到驚訝無比，倘若這裡就是人們的信念實現，那簡直就是屏除一切希望的荒野之地，毫無未來的期盼可言。

他從空中遠眺過去，只見荒野的盡頭是一道破碎的邊界，隨後便是崎嶇陷落的險崖，崖下是奧林帕斯的底部，那裡頭盡是一片黑暗的延伸，簡直就像一整片幽暗的海洋環繞著空中的島嶼。弗朗茨原以為那是島嶼自身的陰影，沒想到靠近時他才赫然發現，原來那裡竟是一整片團團聚集的人潮，有的高舉雙手、有的伏倒在地、有的仰天祈禱、有的跪地叩求，他們密密麻麻地群聚在島嶼的底部，就像是尚未孵化的蟲卵一樣，黑壓壓地緊簇在一起，變成一大片黑色的人海。

「好多人聚集在山邊呀！」弗朗茨驚訝地說。

「那些是前來祈禱的信眾。」

「可是人們的欲望不是已經被剝除了，怎麼還會有信仰？」

「嘻嘻，你說對了，這裡的信眾大多在欲望溢出之後，心中已經沒有真正的信念。他們每天在這裡履行的不過是宗教的形式而已，那並不是真正的信仰，他們心中並沒有真正相信的事情。也因為如此，有些欲望過剩的人們會混雜在裡頭作亂噢。」

「作亂？」

「對，失去信念的群眾最容易受到他們的影響，只要稍微散播一點點欲望，倘若經過扭曲和誤解，便會掀起如海嘯一般的混亂噢。嘿，那可是千萬不能小覷的災難，得仔細防範才行。」

「有防範的方法嗎？」弗朗茨好奇地問。

「你有看見那些飛在人群上頭的兀鷹嗎？」弗朗茨往信眾的方向望去，人們的頭頂上的確飛了幾隻巨大的兀鷹，每隻兀鷹都長著一張形狀可怕的人臉，眼睛射出奇異的金色光芒，黝黑的翅膀像熱帶的棕櫚葉一樣巨大，腳上長著異常嚇人的尖爪。

「獨裁的兀鷹會把欲望過剩的人們從群眾裡揪出來，什麼都逃不過祂們的法眼噢，嘻嘻。只要在人群裡頭散發一點點欲望的味道，祂們便會毫不猶豫地俯衝而下，用尖銳的爪子將這些人捉去山上審判。」摩托說。

弗朗茨看著那些人面鷹身、滿目金光的巨大執法者，他不禁發出一身冷顫。這時他卻像突然想到什麼地說：「可是，人們的身上不會有好的欲望嗎？」

「當然也有好的欲望，」摩托說，「重點是平衡噢，弗朗茨。」

他巨大的翅膀又搧了兩下。

他們在荒涼的礫漠又飛行了好一陣子，最後降落在一潭小小的窪池旁。

弗朗茨好奇地瞧著那潭水池，約莫只有自己體型的三倍大，看起來幾乎要乾涸的模樣，表面卻出奇地光滑，像是一面無暇的鏡子反映著潔白的天空，一時使人分不清楚哪邊才是真正的夢境。摩托獨自飛到水池的上方，碩大的身影倒映在潔淨的水面，美麗的蛾翼靈靈搧動起來，光明穿越那幾近透明的翅翼，折射出粼粼的波光灑落在水池的表面。只見巨蛾的口中喃喃唸著禱詞，不一會兒，原本平靜的水面便開始翻湧，水池變得像煮沸的熱水一般，最後逐漸化為濃稠的膏狀，忽然，從水膏裡頭伸出一雙白色的小蹄，一隻純白的羔羊從水池裡踉踉蹌蹌爬了出來，小羊的身軀沾滿黏糊糊的水膏，渾身慵懶地跪坐在地面，費了好一段時間才將細小的眼睛睜開，伸出粉嫩的小舌將身上的水膏一一舔淨，最後歪歪斜斜地站立起來。

「好久不見，摩托。」羔羊用難以分類的聲音說。

「好久不見，今天也要請您指引我們上山。」

「好的，」小羊靈動的雙眼看看摩托，又看看弗朗茨，「新的朋友？」

「您好，我是弗朗茨。」黑蟲說。

「出發之前，我只問一個問題。」

「請問。」

「你相信真理只有一個嗎？」

「……」弗朗茨被突如其來的問題問倒，一時說不出話來。

「路上想想吧，請跟緊我的腳步。」羔羊轉身便抖擻精神，邁開小巧的蹄子往山頂的方向奔去。

摩托和弗朗茨趕緊抱起裝有欲望的玻璃罐子，張開翅膀跟在後頭。

沒有多久，他們便闖入哲學的迷霧之中，再也看不見身後的風景。

(3)

「在這裡，構成真實的，未必是真實。」摩托在弗朗茨的身邊說，「你只要相信就好。」

「如果我相信的事物改變呢？」

「那麼世界就會改變。」

他們抱著欲望的罐子在哲學的迷霧裡頭飛著，白茫茫的大霧將他們的視線遮掩，身旁的事物全被大霧隱匿，弗朗茨只能聽見羔羊的蹄聲從前方隱隱傳來。深怕自己跟丟的弗朗茨緊緊跟隨前方的摩托，然而沒過多久，他便開始感到一股迷惘的心情，虛浮的想像悄悄攀上他的肢體，像是濁白的水氣一樣逐漸淹漫他的意志。他首先聽見聲音的幻覺。奇怪的言語開始在弗朗茨的腦中響起，他聽見各種祈願、各種盼望、各種渴求、各種理想、各種宣示、各種主義，他像是墜入茫茫大海之中，被一道又一道洶湧的浪潮奮力擊打，嗆人的信念不斷從他的口中湧入，他努力地保持清醒，卻發現自己的意志就要淹沒在失控的信念之海。

「你還好嗎？」摩托在遠方問道，弗朗茨卻幾乎失去神智而無法回答。

「嘿，我們休息一下吧。」摩托提出建議。

他們遽然竄出白色的迷霧，眼前倏地出現一片漆黑的杉林，整座森林靜靜悄悄地，只聽得見林葉漱漱的聲響。稀薄的月光從杉林的間隙穿透進來，將爬滿青苔的岩石照得閃閃發亮，靈巧的羔羊敏捷地在樹林間快速奔走，摩托和弗朗茨則緊緊跟在後頭，沒過多久，他們便竄出濃密的森林，來到一座被群山環繞的湖泊。弗朗茨攀伏在湖畔的石頭稍作喘息，暗夜之中他往湖面望去，只見整座湖泊有如一張深邃黝黑的鏡子，一輪滿盈的月亮倒映在湖上，似是一顆晶亮的眼珠子清澈明亮地張望著。就在距離他們不遠的地方，有一座小小的沙洲從湖緣延伸出去，沙洲的盡頭生長著一株巨大的千年橡樹，在黑夜中靜靜發散著美好的銀色光芒。

羔羊帶著他們往沙洲走去，在樹底下棲息下來。

「好久不見，森林之神。」羔羊忽然舉頭向橡樹說道。

「是你們呀。」弗朗茨聽見橡樹發出沉穩的聲音，又好像整座森林在說話一樣。

「要去奧林帕斯山頂嗎？」森林之神問道。

「是呀，帶兩位旅客上山，在這裡稍作休息。」

「不用客氣，請自便吧。」森林之神說完後，便像是睡著一樣靜默下來。

羔羊建議他們飲口湖水，在此稍作休憩。摩托和弗朗茨於是飛到湖畔，紛紛低頭啜飲幾口清涼的湖水；冰涼的湖水才剛剛吞入口中，弗朗茨立刻感受到森林千千萬萬年的記憶，彷彿隨著湖水進入身體的深處，在自己的體內不斷成長與凋零，死亡又重生，周而復始，生生不息。最後森林像是與自己的生命相互纏繞而變得密不可分，弗朗茨忽地體察到一種熟識的心情，他覺得森林好像在向自己訴說別來無恙的話語，彷彿萬物再次擁有共同的歸屬一般，相偕走過生命的漫漫長河。

「上次出現的新神呢？」恍惚中他聽見羗羊向森林之神問道。

「唉，祂們呀……」橡樹發出一聲巨大的嘆息，寬闊的樹枝揚起極大的震顫，忽然之間，湖面像被推開一樣向四周退去，湖底就在他們的面前漸漸裸露出來，在月光的照耀之下，弗朗茨看見滿地的遺跡，有些形似動物的塑像，還有一些人型的塑像，全都支離破碎地散落在湖的底部。在那堆廢墟裡頭，弗朗茨發現有一尊完好無暇的塑像，那是一頭高大的棕熊，精神堅毅，昂揚無懼，石化的眼睛依然炯炯有神，栩栩如生的姿態彷彿隨時會有靈魂破石而出。

「如你們所見，已經被人們遺忘了。」森林之神說。

「還是一樣殘酷啊。」羗羊也感嘆著。

「畢竟不是我們能夠決定的事情。只能在人們還記得的時候，善盡職責就是了。」

一陣緘默以後，巨大的橡樹又發出一股幽微的顫動，湖面便像是替孩子蓋上棉被一樣輕柔地閉合。森林之神不禁感嘆起自然神祇的興衰。據他所說，最初的森林之神就是森林本身，湖泊之神就是湖泊本身，日月之神就是日月本身；那時生物便是生物，自然便是自然，並沒有誰掌管誰的道理。只是不知從何時開始，山林中開始出現掌管事務的精靈，這些精靈甚至化作人類的模樣，說著人類的語言，盼著人類的福祉，最後逐漸取代原本的自然神靈，掌控一切的權力。「如今人們將信念專注在自己身上，愈來愈看不清自身以外的真實。」森林之神感慨地說。

忽然間，遠方的山上發出一陣劇烈的紅光，熊熊的烈火開始往森林裡蔓延，濃濃的煙霧有如大批軍隊滾滾而下，彷彿就要吞噬一切生命般向湖邊撲襲而來。巨大的橡樹像是被猛烈地焚燒般痛苦地顫動著，弗朗茨則同時憶起整座森林的漫長回憶，彷彿親眼見證千萬年的生命被熾火無情吞噬，最後盡數化作灰燼，殘酷的景象令他不禁慟然淚下。

「不好意思不能招待各位了，你們趕緊出發吧。」森林之神向三位旅客發出警告。「那我們就此告別，請您務必保重。」羔羊向森林之神道別以後，便帶著摩托和弗朗茨匆忙離去。他們依循原本的路徑奔回杉林，弗朗茨和摩托抱緊欲望的罐子飛竄在森林之中，感覺自己像是被親暱的家人簇擁一般，在山林的保護下很快地闖回迷霧裡頭，再也感受不到森林的氣息。

他們再一次進到萬物盡蔽的迷霧。

在白茫茫的大霧裡頭，弗朗茨快速地振動著翅膀，絲毫不敢鬆懈大意，深怕自己又因為信念的侵擾而迷失方向；然而沒有多久，哲學的幻象竟又毫不留情地向他襲來。這一次，迷霧開始出現各種形式的神的塑像，忽大忽小、忽高忽低、忽虛忽實、忽人忽獸，弗朗茨好幾次就要撞上突然顯現的神像，還來不及看清祂們的面貌，卻又倏地消失在雲霧之中。他緊緊將玻璃罐子抱在胸前，集中精神閃避各種突如其來的阻礙，只是迷霧的幻象不僅沒有消失，卻更是變本加厲，最後變得無處不是神靈的塑像，滿滿地充斥在迷霧的各個角落。弗朗茨近乎筋疲力竭地飛著，終於一個閃神，還是跟丟了摩托和羔羊的身影！他驚惶地停頓下來，攀在一座殉道者的雕塑上頭，眼光所及盡是白茫茫的大霧，所有事物皆被迷霧遮掩。他不安地四處張望，此時人們的祈禱之聲又轟然響起，祈願的聲音挾帶各種信念與思想，有如滔天巨浪一般席捲他的心智，眼看他的理智就要被推向思想的懸崖，再往前一步就會墜落信念的深谷！

倏地，有東西推了弗朗茨一把，使他從迷霧中摔落出去。

不知道經過多久時間，弗朗茨才逐漸清醒過來。冷風蕭瑟，雙眼茫茫，映入他眼中的卻是一片荒涼的草原和一座頹敗的古神廟。他費力爬起身，左顧右盼，裝滿欲望的罐子似乎已經丟失，四處也沒有羔羊和摩托的身影。

這樣子枯等下去不是辦法，他想，於是弗朗茨決定飛到古廟裡頭探查。

只見古神廟的屋頂與梁柱皆已斑駁倒塌，四處崩落著巨大的石塊，野花雜草恣意地攀上高台，一看便是荒廢許久的模樣。再靠近一看，神廟的基座刻滿各種天神的浮雕，全是人類的形貌，簡直像是從石頭裡面擠壓出來一般活靈活現，儘管大多數都已殘破不堪，卻仍舊散發著聖潔的氣息，靜謐地述說著古老的神話。弗朗茨才攀上高台，一眼便看見巨大的十字架占據在神殿中央，黝黑晶亮的花崗岩石材，宛如千年神木般直探天際。他朝十字架的頂端遙望，隱約感覺有個枯瘦的身影懸掛在那兒，源源不絕地散發著教化的精神，只不過距離實在太遠，弗朗茨並無法確定是不是自己看花了。

遲疑之間，他突然發現十字架底下有幾個模糊的身影。

弗朗茨穿過野草碎石向人影匆匆飛去，只見三個拱身屈背的老嫗忽然出現在他的面前，祂們全身披著厚重的褐色斗篷，晦暗的臉龐隱沒在低矮的帽緣裡，只有枯瘦的雙手從斗篷裡頭伸了出來，正在俐落地進行手上的工作。老婦們似乎正編織著什麼。左側的老婦一手拿著紡錘，另一隻手捏著線頭；居中的老婦接過線頭，細心端詳線的結構，仔細思忖線的長度；右邊的老婦則一手拿著剪子，將遞過來的成品奮力剪斷，再靈活地進行收尾。然而線是不存在的。弗朗茨並看不見三位老嫗手中的細線，在他的眼中，祂們彷彿對著空氣做著編織的徒勞活兒，一點進展與成果也沒有。

「您好。」弗朗茨小心翼翼地向三位老嫗打招呼。

「遠道而來的旅人，為何拜訪此地？」其中一個蒼老嘶啞的聲音說。

「我和朋友要前往奧林帕斯的山頂，但是我們中途走散了。」弗朗茨回答。

「我想您是第一次來到奧林帕斯？」另一個較年輕的聲音問道。

「是的。」

「那你知道奧林帕斯是什麼地方嗎？」又有一個青春洋溢的聲音問弗朗茨。

「是信念的實現之地。」弗朗茨回答。

「正確！」那個青春的聲音似乎帶著笑意說，「只要你有信念，就能找到出口。」

只要有**信念**就能找到出口？這個回答聽起來多麼輕描淡寫，卻讓弗朗茨感到更加迷惘。

「請問我該如何透過信念找到出路？」他試著請教三位老嫗。

「**相信就存在，不相信就不存在。**」聲音喑啞的老婦淡然地說。

「相信就存在，不相信就不存在？」

「嘿嘿嘿，小傻蛋！簡單來說，你在奧林帕斯所看到的一切，都是由人們的信念所構成的。」少女的聲音試著向他解釋，「就拿這座神廟來說吧，當初在神廟附近活動的都是人們想像出來的天神，祂們源自於人類對於事物的理解與信念，最後在奧林帕斯化成真實的樣貌。你別看現在神廟破破爛爛的景象，當時這裡可是全奧林帕斯最熱鬧的地方喏！」

「過去，降生此地的神靈以人類神為主，」中年的聲音接續著說，「祂們以人類的姿態顯現，天賦七情六欲，繼承人類的思想，承襲人類的欲望，在此掌管一切已知與未知的事物。只是時日一久，權力財富、愛恨情仇、利欲鬥爭的思想也逐漸化作真實，在神廟的周遭不斷上演。最後，天神們變得與人類無異，淡忘道德的使命，輕忽自然的天運，四處濫用自身的權職，令神廟終究成為動盪不安、紛爭頻傳的區域。」

「哼，那也盡是過去的事情了！」垂老的聲音說，「這裡如夢似幻的一切只不過反映人類的自我中心，文明的建構使他們變得盲目，最終造成信念的傲慢與偏執。在人類構築的社會裡頭，他們逐漸被自己創造的事物所迷惑，終而看不見世界的真實樣貌。不然你瞧，這裡的信念早已全數化為石像，任由時間風化消逝了。」

「我們已經不是人們認識世界的方法了，祂們離去前是這樣說的。」少女的聲音彷彿不甘寂寞地說。

正當三位老嫗訴說往日的風景時，在一旁的弗朗茨依舊鬱鬱煩惱著。他不停思索自己應該如何離開哲學的迷霧。**只要你有信念，就能找到出口。**看來他必須先找到自我的信念才行。那麼他相信的是什麼呢？他回想從夢境出生至今的日子，似乎一直都是身邊的人們告訴他——世界應該是什麼模樣、思想應該是什麼模樣、規則是怎麼樣、價值是怎麼樣。但是他自己真正相信的究竟是什麼呢？弗朗茨覺得自己有個模糊的方向，但是他卻沒有足夠的信心。此時弗朗茨單獨深陷於信念的迷途，他渴望生命的指引，他期盼明確的解答，但是他所能倚靠的只有自己，他只能從自己的內心去尋找答案。一切的挑戰都使他感到前所未有的困惘，他感到怯懦，他感到徬徨，裹足不前的他總覺得自己再也無法離開哲學的迷霧。

「請你們幫助我，」弗朗茨終於開口求助，「我想不到出去的辦法。」

「傻小子，想破頭都沒有用的。」蒼老的聲音說。

「要投入你的全部去尋找。」沉穩的聲音說。

「找出自己的信念沒有很難的！」青春的聲音說。

三位老嫗忽然張口對著弗朗茨吹拂，雲霧隨著祂們的氣息層層探出，逐漸吞沒他的視線。

在古老的神廟消失之前，四周傳來了三位老嫗悠揚的歌聲：

♪
我們本該告知命運，可是我們不願；
我們本該告知信念，可是我們不願。
運是天的，命是你的；
念是心的，信是你的。
願你努力，願你良善，
願你在命運的流轉中保有自我的美意。
♪

(4)

弗朗茨再一次沉溺於哲學的迷霧。和先前幾次相同，舉目所及皆是白茫茫的濃霧，彷彿一切事物皆已離去，只遺留下孤獨的自己。此刻萬物潛伏，四方皆空，弗朗茨試著靜下心來，思索剛才老嫗所提供的指引——只要你有信念，就能找到出口。

這麼說來，他似乎得先明白究竟什麼是信念。

信念，自語意上來看，**是相信的意念**。比如在山中遇見的森林之神，那是源自於人們對自然的想像，嘗試從生活中歸納出天運與道理，以意念的形式寄情於自然之中，消解人們對於未知事物的憂懼不安；又比如在神廟所看見的天神遺址，那是人們在建構文明之際，投射自我的情感於信仰裡頭，將那些看不透的理智與情感、理不清的生命與消亡，全都化為人類形貌的信念，扶持著人們搖搖易墜的心靈。

因此信念確實得從自身出發，打心底去相信某件事物，進而化作支持生命的力量。

那麼對我而言，我的信念是什麼？

我的心底有堅定相信的事物嗎？我的心底有不容挑戰的意志嗎？

我試著回想從夢境裡出生至今的歷程，那些遭遇過的人與事與物——摩托引領我探索夢境的勇氣與溫柔、莊周諄諄教誨的智慧與道理、愛麗絲對自我與普世價值的辯證、賈寶玉用生命換取的理想愛情。這些生活的經驗終究變成一種價值，逐漸成為自我的一部分。只是，這些加諸於身上的價值，將會是我堅定不移的信念嗎？會是引領我走入生命的引線嗎？我又想起在黑門背後所感受到的世界源頭，當時世界已經將某種微小的事物遺留在我的身上，我知道那消融一切的溫暖依舊存在我靈肉的深處，而那個溫暖的本質將會是我不朽的信念嗎？那會是永遠支持我生命的重要事物嗎？

我忽然想起在奧林帕斯山底祈禱的人們，他們曾經擁有堅實的信仰，他們打從心裡相信某件事情，不斷用肉身奉獻給某種精神；然而如今他們的信仰卻徒剩形式，人們變得勤勞卻貧乏，空洞無實地貫徹某種表象的行為。我也想起街上被剝奪欲望的人們，曾經整座奧林帕斯都是他們信念的實現，如今卻隨著時代的更迭，相信的事物也跟著物換星移，最後甚至變作一個個思想的廢墟，空蕩蕩地遺留在歷史的記憶裡頭。這使我不禁反問自己，我的信念禁得起時間的考驗嗎？我的信念會是不朽的嗎？假如我所欲追求的永恆意念，最後卻發現它脆弱地如灰石一般，禁不住時間的風化呢？那麼，世界上真的有值得我相信的永恆事物嗎？

在迷霧中不斷思索的同時，我感受到自己的形體逐漸失去。

我真真切切地迷失了，在看不見真實的白霧裡頭，我已經連自己都看不透徹。我心底明白一切都將消融於這片迷茫之中，現下的我的肉體已被迷霧剝除，僅剩下薄弱的意識存在。最後，迷霧也漸漸漫進我的意識裡頭，我連僅存的思想都開始隨著霧氣消散，意識漸漸混濁在，滄茫的，水氣裡頭……

漸漸…渙散……

漸漸…消失……

……
……

#

在此我們要問一個問題：你相信弗朗茨的存在嗎？

對你而言，這隻生於夢境的黑蟲是什麼？他只是一個與我們無關的虛構生命嗎？

就他自己的描述，他是一個受到現實的壓迫而掉入夢境的人。他早已忘了夢境之前的模樣，在這裡以新的姿態生活著。最初他為自己的形貌感到煩惱，只因為在他的眼中，那隻黑色的巨大蟲子似乎是自己，卻又不像自己；但是很快地，另外一隻夢境的昆蟲闖入他的生活，美麗的飛蛾毫不猶豫地接受他原本的模樣，並且告訴他所繼承的名字、他所繼承的靈魂。那是弗朗茨第一次擺脫自我的猶疑，產生屬於自己的認同與信念。於是他勇敢地出發探索，在夢境裡頭遇見一些新的朋友，學會捕捉生活的價值，學會觀察歷史的脈絡；更重要的是，他見證了世界的源頭，並將世界餽贈他的一小部分珍重地謹記在心，帶著它直到生命的盡頭。

曾經，弗朗茨在太虛書院對自己的生命提出重要的命題——他要尋找自我的價值與生命的意義。我們粗且將他的命題分類為**生命的四面性**：生的存在、生的虛無、死的存在、死的虛無。弗朗茨彷彿生來便意識到這項艱難的母題，他必須面對萬物的生與死，自身的存在與虛無。他要透過短暫的肉身與這個世界相處，從生活的脈絡中去瞭解生命的意義，從生命的經驗中去透徹生活的價值。雖然此時弗朗茨已經看見世界的核，聽聞夢境的歷史，經歷生活的經驗，然而有些事情仍然使他感到困惑——欲望的使用、信念的反覆、記憶的遺忘、自我的丟失、歷史的暗湧、理想的衝突。他在哲學的迷霧中問著自己，真正相信的事物究竟是什麼？此刻的他才剛剛展開旅程，堅定的答案顯然還沒有出現在他的心中，猶疑的他一瞬間便產生思想的裂縫，未明的信念就這樣趁勢襲入，將青春浮躁的他剝除殆盡。

那麼我們呢？我們是否也有堅定相信的事物？我們尋遍世界、探遍心智，是否已經找出那個永恆的信念？當我們透過弗朗茨的提問，尋求自己的解答時，我們是不是也懷抱著某種相信的意念呢？什麼是生與死？什麼是存在與虛無？什麼是生命的意義？什麼是生活的價值？此時此刻，我們不妨靜下心來，在腦中想像這隻夢境中的黑色蟲子。請你想像他的靈魂，請你想像他的模樣；請你毫無保留地賦予他高尚的心智，請你毫無保留地賜予他生活的信念。**相信就存在，不相信就不存在。**倘若我們相信，他便會是真實的存在；倘若我們不相信，他便是虛無的假象（那麼此後發生的事情便都是空無、盡是幻想）。

我僅求你用一點點的時間，去相信他的存在，去驅趕他的虛無。

他是一隻黑色的蟲子。

他的名字是弗朗茨。

#

⋯⋯⋯

⋯⋯⋯

一片虛空的世界。

沒有時間，沒有生命，沒有顏色，沒有意義。在明亮的虛無之中，一切都相融在一起。自我的意識緩慢地浮現。我想起那道純粹的門，美麗的蝴蝶飛在黑門面前，告訴我裡頭就是世界的源頭，是每個人都能探望的真實的一部分。記憶中的我曾將自己的胸口貼緊真實的隙縫，有道溫煦的光芒就這樣幽微地探進我的靈魂裡頭，輕易將我心中僵硬的部分融化。啊！是的！就是那道溫暖！就是那個源自於世界的美好光芒！如今它像碎片一樣遺留在我的靈肉深處。我彷彿看見那塊小小的沉睡的溫暖，正在發出稚嫩的煦煦微光。隱隱之中，我覺得有什麼事物逐漸堅實起來。我自覺那是我幼小的思想，我猜想那是我待萌的信念；我亟欲伸手將它觸碰，想把它珍貴地捧在手掌心上，繼續堅韌地活下去。

我試著集中精神，將那溫暖的事物捕捉。然而除此之外，似乎有更多的什麼正在集結，一片一片地將我的意識黏著在那塊焦點之上，逐漸變成一個更大的整體。「弗朗茨，」我彷彿聽見一陣遙遠的叫喚，喚著令我陌生的名字。「弗朗茨，」如同它們無私地信任我一般，我告訴自己必須對它們採取信任。我們必須透過彼此的信任將生命落實。「弗朗茨，」堅硬的事物已經逐漸明晰，我彷彿捕捉到某種形體的概念，從無到有，從有到實，漸漸膨脹，漸漸清明。途中不斷有人呼喚著弗朗茨，就像是某種遠古的咒語一般，持續地將存在的性質注入虛空的心靈。

直到某個瞬間，我才想起那是我在夢中的名字。

「弗朗茨！弗朗茨！」摩托的聲音從頂頭傳來，我渾身疼痛地仰起頭來，看見他正張開翅膀替我阻擋在上頭。此時迷霧裡正下著激烈的雹雨，冰凝的信念不斷從天而降，憤怒地拋砸在我們的身上。「不用擔心，快跟著羔羊走！」摩托的聲音催促著我，我看見羔羊就屈膝在我的身旁，將祂自己的背脊放低，示意我爬到祂的背上。我拖著疼痛的身軀爬上羔羊的背，渾身無力地癱軟在那片輕柔的羊毛裡，一種無可比擬的舒適瞬間包覆住我。羔羊起身向前快速奔去，我埋藏在祂輕快起伏的背上，意識彷彿搖搖晃晃地陷入祂的身軀，頃刻掉入一種奇異的思想空間。在隔絕一切的那兒，似乎存在著一種純然無垢的信念，將我溫暖地接受，將我全然地包容。一種泫然欲泣的感觸從我的心中油然升起，我想著自己何其幸運，能夠被這樣地呵護，能夠被如此地拯救。那些遠道而來的信念都將我確實地召喚，使我終於相信自己擁有繼續生存的意義。

我聽著羔羊的蹄聲從遠方噠噠傳來，穩定而確實的腳步，終於在安詳之中沉沉睡去……

(5)

弗朗茨醒來的時候，他們已經離開哲學的迷霧，來到奧林帕斯的山頂。

恍惚之間，他看見摩托將盛有欲望的玻璃罐子抱起，獨自飛到一座金光閃閃的水池上頭，將欲望的汁液緩緩倒入池中。只見平靜的水面濺起一波又一波的金色泡沫，從滾滾揚起的泡沫中忽然漂浮出一尊平躺的天神，渾身閃耀著刺人眼目的光芒，人模人樣，自頭至腳如拋光的金屬一般光滑，臉上沒有任何的五官，體型豐潤，態度慵散，雙臂捧在胸前，手中握著一台電子儀器。接著池中又飛騰出無數個玻璃鏡子，瓦片一般大小，一片一片地拼湊在天神的四周，鏡面全數向內，簡直像要建造一座讓死者照看自己的鏡棺。最後，天神的身影終於被銀色的方盒子完全吞沒，從外側再也看不見祂的形貌，此時鏡棺的表面卻跑出好幾個神祕的數位符碼，他們還來不及理解密碼的意義，鏡棺便發出裂空的聲響朝著北方筆直地飛去，瞬間消失在弗朗茨的視線裡頭。

「你還好嗎？」摩托飛來向他問道。

「好一點了，謝謝你們。」弗朗茨勉強站了起來。

「那是什麼？」他問道。

「新世紀的神。」摩托說。

「真是太神奇了。」弗朗茨依然沉醉在天神誕生的驚嘆之中。

等到回過神來，他才四處張望奧林帕斯山頂的景象。原來囤積欲望的池子是一座巨大的金色湖泊，金黃色的欲望之液填滿那座巨型的窪池，像是隨時準備噴發的火山口一樣。剛剛甦醒的弗朗茨癡癡望著金黃色的欲望之海，只見善念與惡念在欲望的浪潮中不斷翻湧，忽遠忽近地發出一爍一爍的光芒，他感覺內心的欲望幾乎要隨之翻湧起來。弗朗茨再往遠方望去，湖泊的正中央矗立著一根宏偉粗壯的柱子，仔細一看，原來那便是巨大的人體繩索，只不過從奧林帕斯的方向看去，倒像一根粗壯挺拔的肉色棒子，赤裸的人群擁擠地攀附在上頭，無時無刻發出橫流的欲望。

弗朗茨起身四處張望，只見欲望之池的周遭有許多神靈正在活動，祂們生成各式各樣的形貌，紛紛從哲學的迷霧裡姍姍到來。來到山頂的神靈一個一個從池子中汲取欲望飲用，彷彿人們的信念都已經醞釀在其中，以甘泉的形式賦予眾神存在的意義。（只是弗朗茨也注意到有些神靈疲軟地癱倒在地，祂們似乎飲取不到人們的信念，最後只能黯然枯竭於此。）

就在這個時候，有三位古老的天神向他們遠遠走來。居中的是一位勇武瀟灑的女神，神氣凜凜，英姿煥發，左手拿著一束橄欖枝，右手捧著一個陶碗；祂的左側是一位溫文儒雅的青年男神，神采奕奕，風度翩翩，左手拿著金色弦琴，右手也捧著一個陶碗；而祂的右側則是一位清麗脫俗的妙齡女神，柔情婉轉，笑容可掬，左手取著白玉珍珠，右手同樣捧著一個陶碗。

「請問您是弗朗茨嗎？」勇武的女神開口問道。「是的，」弗朗茨謹慎地答應。女神繼續說道：「我們從命運三女神那兒聽聞你的事情，特地前來等待，以祝賀你走出哲學的迷霧。這裡有我們用心萃取的信念之湯，裡頭富含人類對我們的崇敬之心，今日就贈送給你，請你好好享用。」女神說完，祂們便將各自的陶碗小心地放在弗朗茨的面前。弗朗茨好奇地伸頭一看，只見裡頭裝有閃閃發光的金色玉液，隱然飄散著一股純粹的芬芳氣息，大約就是人們對三位天神的信念之心。弗朗茨仍然遲疑地看了摩托，只見摩托回以喜悅的笑容，向弗朗茨點頭示意。

於是，弗朗茨慢慢走向第一位女神的陶碗，將眼前的信念之湯一飲而下，剎那之間，有股暖意自他的口中流向身體的每一個角落，裡頭醞釀的精神在弗朗茨的體內漸漸擴散，使得弗朗茨頓時感到一種智慧與正義的萌芽；接著他走向青年男神的陶碗，將男神的信念一口飲盡，一瞬間，光明的美德與藝術的靈感在心中燦爛乍現，弗朗茨感受到一股明亮的信念淌入他的靈魂之中，滾滾流暢，淙淙不息；最後他走向第三位女神的陶碗，將祂贈予的信念之湯酣然飲下，這次則是一陣善良與美麗的情感在他的心中悠然綻放，弗朗茨忽然感到心智澄明、溫良快意，自此以後，他便時時刻刻將美好的事物留存於心。

弗朗茨合上自己的雙眼，靜靜感受心中不斷流轉的諸多美德。在此之前，他從未想過人類的心靈竟然能夠萃取出如此純粹的信念，直到三位天神將信仰的精華奉上，他才真正品嚐到人類心靈中的智慧、正義、光明、靈感、善良及美麗。經過時間考驗而尚未消逝的種種信念都在他的體內緩緩流動，輕柔地與自己的信念交融在一塊兒。弗朗茨忽然想起莊周曾經說過：「儘管奧林帕斯的眾神消長不息，但仍有某種關鍵的事物超越時間的考驗留了下來，那東西像是金沙一樣埋藏在廣袤的荒漠裡頭，必須仔細探看才能發現它的蹤跡。」此時此刻，弗朗茨感覺自己所喝下的便是那些神秘的瑰寶，那是源自人類心靈的不朽精神，是流芳百世的偉大信念。

「信念本身並無善惡，能夠以此助人，也能以此害人。」婉約的女神說，「願你將我們的信念用於助人，與人為善、使人和樂，如此便無愧於我們的慷慨贈與。」弗朗茨恭敬地答應三位天神，祂們再次餽贈誠摯的祝福，最後飄然離去。

「你還真有福氣呢，嘻嘻。」摩托笑著說，「現在能夠稍微領會了吧，仰賴人們信念而生的奧林帕斯天神其實並沒有那麼脆弱噢。祂們擁有強大的力量與堅韌的精神，卻也同時肩負無比沉重的責任。抬頭看看吧，也許這樣你就會瞭解了，嘻嘻。」

弗朗茨聽從摩托的建議，舉頭仰天一望，只見天上的雲霧已然散去，整個夢境就在自己的頭頂豁然開闊，世界在他的眼中嶄露無遺，城市的建築像是宇宙的星辰般星星點點。弗朗茨想像沒有表情的人們正在裡頭勤奮地勞動著，欲望已經從他們的心中流失，被自己運送到奧林帕斯了；然而他們的信念卻在這裡以全新的姿態展現，經歷各種考驗，強韌地存活下來。此時看著廣大遼闊的世界，弗朗茨好像突然理解了什麼——也許對於生活於地面的人們而言，神靈高居於夢境的頂端，是偉大力量的象徵，是神秘精神的集結；然而對於奧林帕斯的神靈來說，祂們卻承擔了整個夢境的思想與精神，無時無刻支撐著人類脆弱不安的心靈。

「多麼沉重的責任啊。」弗朗茨想起自己心中好不容易獲得的信念，不禁更加珍惜起來。

摩托帶著弗朗茨往山下飛去，這次他們不再有思想上的迷惘，哲學的迷霧已然散去，很快地便回到原本出發的地方。這時弗朗茨才發現，原來他們的肉身一直停留在小小的水池旁邊，而這一切竟是一趟精神的旅行。他們匆匆地回到自己的身體裡頭，弗朗茨才剛進入自己的身軀，他便察覺自己已經獲得某種精神性的事物。是的，原本像白霧一樣的乾淨靈魂，如今已經增添許多重要的信念，像是豐富的顏料一樣塗抹在他的心靈之上，即將陪伴著他繼續前往未來的旅途。

飛往回家的路上，弗朗茨再一次看見山底下虔誠祈禱的茫茫信眾，他的心中卻忽然相信起來。他以為失去欲望的人們雖然終日依循信仰的形式，卻仍然可以感受到他們心中那一塊小而堅實的信念，那是肉眼所無法看見，卻是人人都擁有的，非常重要的事物，就像金沙一樣埋藏在他們的靈魂裡頭。「我感受到他們的信念了。」弗朗茨感動地說，「我們經常用外在的行為去判斷人們的信仰，可是，真正重要的是他們心底相信的事物呀。**切莫沉迷於信仰的表象，須看透精神的真諦。**」

摩托驚訝地回頭看著他，隨即對弗朗茨嘻嘻笑了起來。

「願你努力，願你良善，願你在命運的流轉中保有自我的美意。」三位女神的歌聲在弗朗茨的心中不斷唱著。

不知不覺間，天色又晦暗許多。

核蝕很快就要到來，似乎已有東西開始悄悄吞蝕他們的心靈。

第三章

(1)

「不要放棄相信希望。」摩托離去前這樣說。

今天晚上就是核蝕的日子，這令弗朗茨感到極度不安。事實上，人們心中的連結已經漸漸鬆脫，他有著非常強烈的直覺。他們才剛從奧林帕斯回到公寓，現在摩托站在他的面前，弗朗茨卻沒有任何的感受——他想不起他們之間的情感，他對於巨蛾沒有記憶上的連結，他們像是擦肩而過的陌生人一樣不識彼此，他們的生命甚至連對眼的機會都沒有地走在兩條遙遠的平行道路上。

然而摩托卻在此時將他擁抱。他看穿弗朗茨心底的驚惶，他知曉黑暗的侵襲所帶來的巨大恐懼，他也知曉人們即將在黑暗中暫時別離。飛蛾將巨大的翅翼舒展開來，把幼小的黑蟲溫柔地包覆在裡頭，並將自己毛茸茸的身軀緊密地貼近。「不會有問題的，黑暗就只是黑暗，本來就存在的事物無須懼怕。」摩托用平穩的語氣說著，在半透明的翅翼裡透過心音的震顫傳遞過來。雖然弗朗茨依舊空洞地望著眼前，卻似乎能夠感受到飛蛾溫暖的眼神，以及那充滿力量的擁抱。

不會有問題的，黑暗就只是黑暗。

現在弗朗茨孤身待在公寓的房間，大片的玻璃窗戶依舊展示著世界的病容，遠遠的夢境之核懸掛在天空中，欲望的黑汙幾乎爬滿核的表面，僅剩下極微弱的光線掙扎著穿透出來。終於光明將盡，黑暗即來，弗朗茨想。他就著微弱的天光翻閱書籍，有關核蝕的資料他全數閱遍了，關於核蝕前的各種徵兆、核蝕後的諸多事件，全部都詳實地記載在書本裡頭；但是核蝕的過程卻完全沒有提及，那似乎是誰也不能瞭解的黑暗。

毫無預警地，地面忽然發出隆隆的低吼，恐懼像裂開的地面般迅速爬近，一瞬間黑暗就像繩索被割斷一樣快速蔓延，弗朗茨才抬頭望向窗外，完全的黑暗就穿透玻璃窗衝進他的意識。[redacted]刺[redacted]眼睛[redacted]，[redacted]痛楚，[redacted]無[redacted]未知[redacted]。[redacted]弗朗茨[redacted]跌入[redacted]墜落，[redacted]，[redacted]踩[redacted]，[redacted]漂浮，[redacted]昏沉[redacted]。[redacted]用力[redacted]，[redacted]睜[redacted]，[redacted]黑暗，[redacted]內外[redacted]，[redacted]，[redacted]無窮無盡[redacted]。

[redacted]割[redacted]，[redacted]流失[redacted]絕[redacted]，[redacted]隔[redacted]，[redacted]孤[redacted]。[redacted]，[redacted]思緒，[redacted]，[redacted]流[redacted]，[redacted]。

[redacted]，[redacted]形[redacted]，[redacted]，[redacted]誰？[redacted]？[redacted]叫[redacted]？[redacted]？[redacted]切[redacted]，[redacted]是[redacted]。[redacted]，[redacted]惡意[redacted]。

[redacted]，[redacted]，[redacted]。[redacted]，[redacted]，[redacted]。[redacted]，[redacted]，[redacted]。[redacted]

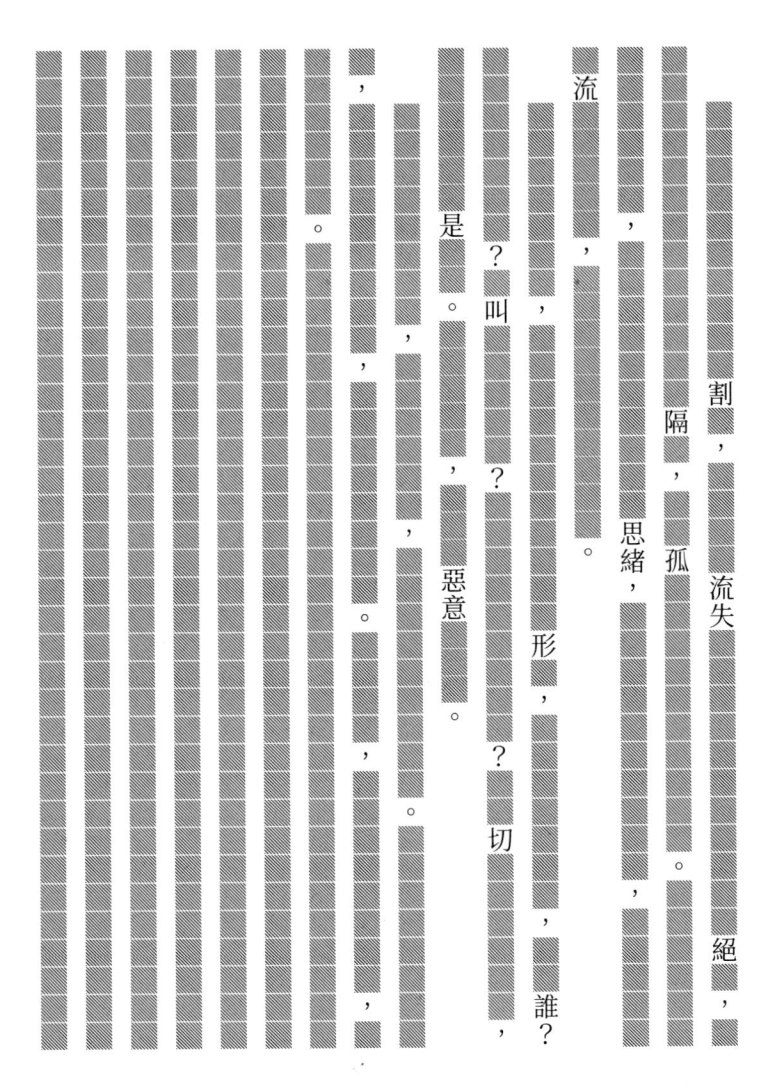

(4)

我作了第二個關於台北的夢。

在黑暗的城市底下，台北捷運的列車晃晃蕩蕩地駛著，我盯著車廂的玻璃窗戶映著自己消瘦的臉，還有深藏在後面的巨大不安。車廂裡頭一如往常擁擠不已，大都是前來台灣自由行的遊客，將捷運鬧得喧嚷不已，情緒快樂又高昂；在熙嚷的人潮中穿插著一些本地的乘客，有些人悄悄拿著金黃色的向日葵，一如花莖頹喪的模樣，他們也各個垂頭喪氣的樣子。

這幾天台北發生了極不平靜的抗爭事件，政府正擬訂與其他國家簽訂貿易協定，原來是稀鬆平常的事情，卻因為條文審核的程序問題，以及各種暗渡意識型態的不平等妥協，在透過公民團體揭發之後，激得舉國人民憤慨不已，紛紛起來反對貿易協定的匆促通過。在自由貿易盛行的時代，國家與國家之間本就會根據各自的需求，簽署大大小小的協議，以保持國際貿易的暢通與國內經濟的繁榮；然而不可避免地，多國之間的協定簽署必定會牽扯到各國之間的利害關係，要開放多少優惠、減低多少障礙，並且換取能夠接受的對等條件，是各個國家在談判時仔細拿捏的籌碼。

身為一個民主國家，台灣將這樣的談判權利交付給選舉出來的政府。在台灣，人民透過選舉的制度，從參選的人與政黨之中選擇治理方針符合自己期望的適任者，最後再依據全民投票的結果，將國家領導與監督的角色託付給多數人認為值得寄託的人選；換句話說，這位執政者（黨）無論在道德層面、政治專業、領導能力等表現，姑且獲得國家多數人民的信賴，必須履行為期四年的職責，籌組最適任的政府團隊，以帶領國家走向穩定繁榮的集體幸福。整個政府可以說是建立在人民的信任之上。

然而這一次，這個背負人民信任的政府，卻在此次與他國簽訂貿易協定的過程中，罔顧立法的審議機制，將待審的法案僅用三十秒便強行通過，等同無視各界對條約內容的疑慮，不願進行更加謹慎的審查步驟，強硬通過與他國簽署的貿易條約。是的，就是那草率的半分鐘，便將辛苦建立的程序正義輕易打破，以傲慢的姿態暗渡自以為是的「國家利益」，將人民的未來妥協於危險的交易之中。

「下一站，景美。」

捷運的車門開了又關，幾個乘客面無表情地上車，搖搖晃晃的車廂又再次駛入黑暗的隧道裡。

玻璃車窗上依舊映著我的臉龐，我看著憔悴的自己，想著過去這些日子逐漸蠶食我們的現實生活。兩年前我剛從大學畢業，隨即投入一年的軍旅生活，心中卻熱切地想要投入社會實踐自己的理想；記得在讀書的時候，我心中最大的願望便是能夠讓社會變得更好，讓更多人擁有更好的生活。總算退伍之後，歷經漫長的履歷投遞與面試，我好不容易進入一間科技公司的行銷部門，終於開始實踐自己的逐夢之路。然而現實卻是，家中的長輩不停尋問薪資的狀況，告誡我千萬不要像新聞說的大學畢業只領22K；公司的主管則不停囑咐我們不要成為草莓一族，時不時抱怨年輕人無法承受職場的挫折，輕易就選擇放棄或離職；而公司的現況卻是，年長安逸的主管害怕改變而拒絕新的嘗試，活躍創新的中年主管求去尋找更好的機會，失去發展空間的年輕人更是來來去去，剩下日益僵化的體制吃力運轉著，將新鮮人的熱情一個又一個軋碎於現實的齒輪之下。

在這樣的境況裡頭，公司的幾個年輕人時常聚在一塊兒，見面就抱怨公司的制度、老闆的心態、房租的高昂、薪資的低落、學貸的負擔、理想的消磨。對我們而言，遲遲無法提升的勞動薪資，永遠無法降低的生活費用，再加上長時間的工作壓力，早已將所有人的生活與熱情蠶食殆盡。是的，年輕的我們經常懼怕，我們甚至絕望，總覺得自己就要這樣在城市裡頭困頓一輩子，再也無法翻過身來。後來，我們不再提起夢想，我們甚至憎惡這個詞彙，因為它將我們捧高，卻又將我們從高處摔落。

「下一站，公館。」

一群又一群的大學生擠進車廂裡頭，手中同樣都拿著金黃色的太陽花，那些花兒就像他們的眼神一般充滿朝氣，彷彿對於自己的未來充滿盼望的模樣，竟然使我想起這幾年淡忘的自己。幾位大學生簇擁到我的身邊，我向他們瞧了一眼，是兩個男學生與兩個女學生，手中各自拿著一朵向日葵，背包上綁著「自己的國家自己救」的黃色布條，還貼有幾張「拒絕黑箱」、「捍衛民主」、「建立監督條款」的標語，毫無畏懼地控訴逐漸失序的正義。

他們一面低頭滑著智慧型手機，一面熱烈地討論學運的現場狀況。穿著藍格子襯衫的男學生先是說明包圍立法院的民眾愈來愈多，現場似乎有一些自發性的公民活動，也有一些單純靜坐的民眾，以及一些整理及發放物資的志工團體；另一個穿運動衫的男學生同樣從手機快速地讀取資訊，他抱怨政府從昨天發出獨斷的單方聲明後，就再也沒有釋出任何溝通的善意。這幾天下來，政府除了與抗議民眾隔空周旋之外，也逐漸加強現場的警備佈署，期間還有一些黑道人士前來鬧事，惹得許多初次走上街頭的民眾心裡惴惴惶惶。學生們一邊發表自己的意見，卻也擔心益發緊張的現場情勢。

兩個女學生接著提到與家人的溝通狀況。綁著馬尾的女學生先是抱怨今早出門的情形，母親阻問她是不是要去參加學運，她認為那些年輕人都是受到政治人物的操弄，根本不懂判斷事情的真偽，就跟著群眾去參加政治活動。她惱怒地描述早上的情形，當時女學生告訴母親，那些是媒體為了收視效益，以及自身的立場及利益，而選擇將報導的方向帶往學生集會的不正當性。「媒體這樣報導等於是愚弄人民的行為！」她忿忿地說。如今年輕人已經改從網路搜索更全面的資料，甚至架構中立的交流網站，從多元開放的資訊中做出自己的判斷，而非如母親所說的只是盲從而已。另一個戴著膠框眼鏡的女學生也提到昨晚與家人的餐桌討論，父親說政治有政治的作法，像學生這樣只會鬧事般的集會遊行，根本無法真正改變什麼，徒勞一場而已，搞不好還會葬送自己的未來。他認為年輕人應該要有務實的想法，不要去擾動政府的決策，尤其像這種有益於國家經濟的條款，真不懂那些年輕人在胡鬧什麼。女學生則反駁這種遠離政治的逃避行為，她最看不慣的是政府總是關起門來私下操縱國家的未來，而人民又因為懼怕威權而疏遠政治，最後使得政治變成少數人私相授受的場域。她認為改變的時候到了，尤其這一次的貿易協定涉及許多產業的未來發展，無論在經濟、政治、文化方面，都牽涉許多潛伏的危險地帶，因此政府更應該與人民保持溝通，共同擬定良好的監察制度才行。「倘若我們都不關心自己的未來，還有誰能替我們關心？」幾位年輕人異口同聲地說。

「下一站，中正紀念堂。」

敞開的車門又擠進許多乘客，這次有更多拿著向日葵的人們搭上列車，有的神色疲倦，有的憤慨激昂。此時旅客幾乎都已下了車，剩下的大多是欲前往抗議現場的公民，眾人一同持著金黃色的信念，搖搖晃晃地往集會的方向駛去。

忽然，鄰近的車廂有群年輕人唱起歌來，明亮的歌聲搭配木吉他的旋律朗朗唱著，詞曲的大意是提醒政府務必傾聽人民的聲音，莫要一意孤行，陷人民的生活於苦難之中。由於歌詞淺顯易懂，最後大家都跟著唱了起來。我聽著聽著，想起政府這幾年的作為——食品安全的控管出了重大紕漏、疑有風險的核電廠仍然執意復工、國軍青年遭受霸凌卻被隱匿實情、媒體集團受到買賣成為意識型態的代言人。種種對於政府效能的失望，以及像是愚民一般以為粉飾一切便能夠事過境遷的僥倖心態，最後在權力與利益交相掩飾之下，終於使社會長期活在盲目的境況之中。

直到這一天，我們才終於被自己的天真嚇醒。

「下一站，……」車廂外的隧道愈來愈黑暗，原本清楚的事物都已漸漸模糊，直到最後，我連自己的面貌都已經看不清楚……

第四章

(1)

一束光線破除黑暗從天而降，完全的黑暗開始像退去的潮水般慢慢湧退。

弗朗茨的意識漸漸從深淵裡爬了出來，拖著沉重無比的倦意，直到夢境的表面才一一將負擔擺脫，睜開眼便發現自己伏在公寓的床上，一動也不動。疫麻的感覺瞬間從各處爬滿全身，他疼痛地擺動幾下觸鬚，久久無法甩脫虛浮的無力感，一面哀嚎一面集中自己的精神，卻像在水中被惡鬼拖住般難以爬回夢境。

過了好一陣子，弗朗茨的身體才漸漸舒緩，溫煦的能量不斷從某處傳進他的心靈，像把鬆脫的繩索拉緊般使他感到某種善意的緊繃感。人們似乎又重新緊密地串連在一起了，他有這樣的直覺。弗朗茨略把身體換個方位，面前的玻璃窗戶再次展現世界的模樣，依舊是圓弧形狀的奇異風景，中間垂掛著嶄新明亮的榮格之核，煦煦發出溫暖舒適的燦爛光芒，正在照耀世界的每一個角落，光明夢境的每一個靈魂。

弗朗茨就這樣伏在床上，細細品嚐著核的光芒。他感覺深沉的孤單已經被盡數驅散，身上的汙穢就像褪去的衣裳掉落在地上，重生的靈魂現在所擁有的，是更加茁壯的勇氣，是無限美好的前景；所有活著的人們都充滿希望，他有信心這將會是一個美麗的新世界。

弗朗茨帶著愉快的心情爬下床鋪，他將散落的書本收拾乾淨，將零亂的事物回歸原處。弗朗茨看見房間的鏡子再次映出自己的模樣，仍是一隻巨大的黑色蟲子，凸出的雙眼和兩條長長的觸鬚，圓滾滾的背脊和無數隻長滿纖毛的細腳。不知為何地，見到自己的模樣仍是如此，他竟然感到踏實安定下來。弗朗茨轉頭望向窗外的美好景色，瞇起眼睛靜靜享受一番，最後終於忍不住爬起身將窗戶推開，張開巨大的翅膀飛了出去。他暢快地徜徉在微風之間，盡情享受著迎面而來的燦爛光芒，明亮的希望自心底淙淙湧出，正在清洗著他重生的靈魂。在他的底下是高矮錯落的可愛城鎮，人們正齊心協力地勞動著，彷彿每一個人都充斥著豐沛的心靈與強健的力量，準備攜手走向光明的未來；而在綿延的城市頂頭，許多昆蟲與雛鳥也歡欣鼓舞地飛竄，他們似乎與弗朗茨的命運相同，都是以嶄新的樣貌來到夢境，準備出發探尋生命的意義。所有的事物都在歡慶光明的歸來，如同世界性的慶典一般，無處不洋溢著愉快的氣氛。

一陣快意的飛行之後，弗朗茨心中想起他的朋友摩托，不知道飛蛾是否也已經從完全的黑暗中甦醒？他已經等不及將自己的喜悅與摩托分享，此時透過新生的核，他們的靈魂應該緊密地連結在一起才是。先前的恐懼與疏離都已確然消失，他們不再是陌生而無法理解的獨立個體，他們將會是世界所孕育的共同生命。

弗朗茨降落在摩托的房門前，迫不及待地喊著他的名字。

但是平靜的房門卻沒有回應。

弗朗茨又叫了幾聲，最後用自己的頭稍微頂撞那扇沉默的門。此時，摩托的房門毫不遲疑地向內敞開，瞬間映入弗朗茨眼中的是一片混亂的景象，破碎倒軋的傢飾毫無章法地散落各處，簡直有如一隻大手伸進來把一切事物攪亂一樣。弗朗茨匆忙地飛進房裡尋找巨蛾的蹤影。他一面喚著摩托的名字，一面來來回回地找尋，所有的角落都不願放過，連倒落的傢飾底下也仔細確認毫不遺漏。然而裡面完完全全沒有飛蛾的蹤影，他就像被擦去的字跡一般，只留下隱隱約約的氣息。弗朗茨忽然在床邊看見那雙破碎的翅膀，那一雙透明而美麗、長著兩對螢光圓點、彷彿藏有世界預言般的巨大翅翼，已被無情地撕碎扔在地上。一股不安的寒意立刻通透弗朗茨全身，各種恐怖的想像從四處竄起，他怔怔望著眼前的殘骸，一時間呆立在原處不知如何是好。

身後忽然傳來一聲驚呼！弗朗茨轉過頭去，便看見愛麗絲扶著公寓的門框，臉上露出不可置信的表情。「摩托呢？」她慌張地問道，黑蟲無奈地搖搖頭，指引愛麗絲走到摩托的床邊，一人一蟲看著滿地散落的碎屑，心底都有同樣的不安感受。

「我想，他很有可能在核蝕期間被捉走了……」愛麗絲顫抖著聲音，眼淚不禁流了下來。

弗朗茨仍是茫茫然地看著一地破碎的翅翼，巨蛾的身影卻開始浮現在他的腦海：身軀龐大的摩托總是飛在自己前頭，像個乘風破浪的船長，帶著信念領著自己四處探索夢境；摩托也總是不厭其煩地提醒他所繼承的是多麼可貴、高尚的靈魂，使他能夠安然接受自己被賦予的奇特樣貌；而摩托更是在核蝕來臨前給予自己一個深厚的擁抱，告訴自己千萬不要懼怕黑暗，一切都會順利過去的。此時此刻，弗朗茨仍然記得摩托擁抱他時的體溫，以及在那雙包容一切的翅翼裡所感受到的親密與溫柔。當時他對自己說：「**不要放棄相信希望。**」然而摩托並不知道，對於弗朗茨來說，他就是那道充滿希望的光，使黑蟲在陌生的夢境裡更有勇氣，努力追求自己想要的事物。他的心中深深思念著摩托，不禁為逝去的摯友流起悲傷的淚水。

「謝謝你們願意為他哭泣。」一個蒼老的聲音忽然從上頭傳來，弗朗茨和愛麗絲舉頭一看，有隻巨大的飛蛾就攀在公寓的天花板，外表看起來與摩托一模一樣，翅翼卻如陳年的黃紙般佈滿斑駁的痕跡，全身像是幽靈般若隱若現，淡淡散發著古老的香氣。

「請問您是？」弗朗茨試著探問，即便他心底已經有了答案。

「我是摩托的奶奶。」古老的聲音回答他。

「奶奶，請問您知道摩托的去向嗎？」弗朗茨著急地問。

「他的確是在核蝕中被帶走了。」奶奶說，「意思是，他已經不存在夢境了。」

「他已經回到現實了嗎？」愛麗絲趕緊問。

「不，我想他的情況，應該是連現實的世界都不存在了。」奶奶沉痛地回答。愛麗絲聽見後露出不可置信的表情，思前想後，不禁又哭泣起來。她告訴弗朗茨，離開的人們通常會回到現實，儘管也有人一輩子無法離開夢境，但鮮少離開卻無法回到現實的人。弗朗茨聽見後也驚訝得說不出話來，心中有滿腹的疑問卻糾糾纏纏理不清。他感覺生命的聚散未免來得過於唐突，他與敬愛的好友甚至無法好好道別，竟然就再也見不上一面。

「我可憐的孩子，」摩托的奶奶嘆了口氣，「我們從前便聚少離多，沒想到真正的別離還是說來就來。」

「奶奶，我想知道摩托的事情。」弗朗茨堅定地看著奶奶。仔細想想，他還沒來得及瞭解他的朋友。摩托總是善良地帶領自己四處奔走，說些關於夢境的事情，為的是讓他能夠盡快適應夢境裡的生活，不再為陌生的環境感到痛苦；但是摩托卻鮮少提到自己的事情，而弗朗茨也無暇問起。在此之前，他們從未料想生命的消逝會像竊賊一樣無聲無息地到來，轉眼就將生活中最珍貴的事物悄然取走。摩托那溫柔堅毅的身影，總是嘻嘻笑著的口氣，如今仍然歷歷在目，弗朗茨想起來便如針扎一樣痛楚。他強忍著心中的悲痛，期盼自己能夠把握機會，知曉更多好友的生命歷程。倘若自己都沒能將摩托緊緊牢記，他豈不是真真正正從這個世界消失了？

奶奶又長嘆一口氣，彷彿用盡全身力氣穩定情緒般，過了一會兒才說起那悲傷又漫長的故事：

「這要從我們艱難的歷史開始說起。

我們原是一個古老的民族，過去族人們生活在肥沃的土地上，隨著時間培養出獨一無二的文化，始終過著樸實快樂的日子。不知道摩托有沒有跟你們提起民族的事情？是呀，他向來是對自己的文化最驕傲的孩子。我們的文化自古以來從未間斷，發展出極為深厚的生活底蘊，先人的智慧被珍貴地保存，我們慶祝節日、敬仰祖靈，我們歌頌人心，我們愛惜自然。可是就在某一天，鄰近的民族突然開始覬覦我們的土地與資產。他們先是將我們的習俗汙名為惡魔的儀式，接著對族人展開殘忍的掠奪與殺戮；儘管部落的勇士們奮力抵抗，終究還是敗給武力強大的侵略者。於是，和平的日子就此結束了，族人們被迫逃離生育我們的土地，四處過著顛沛流離的生活。有時我們融入其他民族，有時我們開拓新的聚落，只是被迫遠離家鄉的族人從未忘記自己的根源，我們仍舊時時謹記傳統，日日遙念祖靈。

然而悲慘的命運卻彷彿從此注入民族的基因裡頭。我們始終無法擺脫異教的惡名，無辜的族人四處遭人追趕，長久無法過上安穩的日子。在我年輕時就經歷一場極度漫長的戰爭，那真是永無止盡的噩夢，血腥的爭鬥最後幾乎成為人們的日常生活，我們一邊躲避戰亂，一邊過著貧困飢苦的日子。為了延續民族的血脈，摩托的爺爺和我努力生養孩子，但是在物資缺乏的環境下，他們幾乎都沒能活下來。最後只剩下摩托的父親好不容易長大成人，卻也跟著我們過著三餐不繼的日子。

歷經數十年的戰爭，終於因為其他國家的制衡，漫長的部落爭鬥才告一段落。於是我們重新在祖靈恩賜的土地上整頓家園，我們再次建造房屋，再次耕作農田，更重要的是，我們仍然沒有忘記傳統的習俗，依舊珍視祖靈的信仰，依舊遵循先人的智慧。就在短暫的和平日子裡，摩托的父親母親結了婚，生下摩托與他的哥哥，一家人過著簡單平靜的生活。

儘管如此，我卻和大多數人一樣，長久無法脫離戰爭的煎熬。在那段時間裡，過往的傷痛經常無預警地襲來，就像無邊無際的黑暗般將我瞬間籠罩，不可名狀的絞痛時常折磨我的心靈，使我在一片漆黑與暈眩之中見到自己生育過的孩子們，憶起那些可愛可親的面容，以及他們死去時冰冷的模樣。啊！我可憐的孩子們！究竟是誰賜予我生養你們的喜悅，又奪走我疼愛你們的權利！我痛苦地捧著胸口，嘶啞地問著祖靈——難道我們因為種族的罪，便不值得享受生命的喜樂嗎？難道我們因為虔誠的心，便不值得擁有和平的生活嗎？每當我思念起那一張張小巧的面容，那因血脈而與我極度相似的基因，我便不禁想著，究竟這些苦難是上天給他們的試煉，還是我生育給他們的災厄？有時候我真覺得我是罪大惡極的！是我將罪人的血脈傳給他們，而我卻無能保衛他們的性命！我真是個魔鬼！我真是個惡魔！

那時我數度瀕臨崩潰，罪惡與苦痛像是幽魂一樣日日夜夜折磨著我，使我受困於悲慘自責的煉獄裡頭。然而奇蹟的是，每當我看見襁褓中的摩托，竟然又神奇地相信起來。我總是癡癡望著眼前的可愛嬰孩，你看！你看！他的目光是如此地善良美麗，他的靈魂是如此地純淨無瑕，而我們都曾經以這樣的姿態誕生於天地之間，平等地享有生命的喜悅與悲傷。我忽然想起祖靈的教誨，如今我已被賦予扶育生命的責任，我應當餽贈給孩子們的是愛情，而非憎惡悔恨的心思。**倘若我們訴說仇恨，仇恨將延續不止；倘若我們讚頌愛情，愛情便永存於世。**於是在一片絕望無常的苦痛之中，我彷彿看見從岩縫之間生出的可愛花兒，霎時間使我生出勇氣來，將僅存的愛情全數奉獻給我可親可愛的孩子們。

啊！擁有愛的日子，真是人生最快樂的時光啊！

只是好景終究不長，敵人侵略的風聲卻又在此時傳來，外族再一次打著消滅異教的旗幟向我們攻擊。當時摩托的父親與兄長陸續奔往前線抗戰，我和媳婦則帶著年幼的摩托守在村裡；只不過這次祖靈並沒有眷顧我們，噩耗一個又一個從戰事的前線傳來，最後敵人已經攻進鄰近的村莊，終於在最緊急的時刻，我們趕緊將幼小的摩托委託朋友送出村外。我們將摩托仔細裝扮成異邦的小孩，偷偷將他埋藏在裝滿乾草的拖車裡頭，準備足夠的糧食備用，哄騙他說我們將在鄰國的朋友家會合。我永遠無法忘記那雙從乾草堆裡露出的小小眼睛，那雙既痛苦又悲傷的雙眸，堅強地知道他必須勇敢地活下去。是的，戰爭的殘酷已經流淌在我們的血液裡頭，部落裡的孩子多能堅毅地面對苦難，那已是我們無法抹滅的歷史，是我們無法逃避的現實。

摩托被帶離村莊以後，我和媳婦則繼續堅守家園；只是沒過多久，媳婦便被闖入村莊的外族捉走，我也孤獨地染病死於家中。幸運的是，摩托成功逃離滅族的戰爭，前往遙遠的異鄉獨自求生。只是一個孩子在異鄉生存需要多麼大的勇氣？我可憐的摩托，那四處爭糧食、保尊嚴的日子，無人庇佑卻承擔著民族傷痛的幼小心靈，是需要多麼強韌的精神才能度過如此難關呀！我永遠記得他那雙澄澈勇敢的眼神，我永遠記得他正直無懼的精神。摩托呀！我親愛的孫兒啊！奶奶要不斷在這裡向你告罪，告罪我們將你殘忍地獨留於世！但願祖靈的憐愛能夠取代我們，永永遠遠陪伴在你左右！」

奶奶虛弱地喘息一陣，試圖平復激動的情緒，卻更加哀戚地繼續說道：「過去摩托獨自生活在異鄉，卻一直抱持著希望，期待有朝一日能夠回到部落找尋失散的家人。可是就在他成年不久後，終於從朋友那兒證實我們的死耗。對他而言，那簡直是難以承受的巨大打擊！我想，這孩子來到夢境裡頭便是為了這個吧——他來到夢境和世界對話，來到夢境找尋真正的自己。在摩托必須告別過去的傷痛，而更加勇敢地向未來前行之際，他想要知道自己究竟是為了什麼而活，他想要知道自己短暫的生命究竟具有什麼樣的意義。

因此每一年的『生靈節』我都會前來陪伴，不斷地對他訴說祖靈的精神，不斷地對他訴說民族的記憶，希望古老的根脈能夠賦予他更多的智慧與勇氣，令他未來能夠跨越一切的苦難，走得更加堅定勇敢。只是命運呀命運！你何以又在此時將我親愛的孫兒帶走！啊！啊！我是多麼憎惡那欲望帶來的黑暗啊！」奶奶說完便放聲哭泣起來，隨著她悲傷的震顫，巨大的身軀逐漸萎縮起來，最後只剩下一塊蛾的皺褶遺留在原處，像個小小的悲傷的種子……

弗朗茨和愛麗絲茫然佇立原地，想著摩托悲傷的身世，不由得嘆息起來。究竟生命是否平等呢？弗朗茨鬱鬱想著。摩托曾說我們都像星星一樣流淌在銀河裡頭，而且無一錯失世界的愛。當他認真這麼相信時，他也誠心地對弗朗茨付出他所有的愛。這是弗朗茨能夠確實感受到的。但是在現實當中，摩托卻承受著多麼巨大的創痛，那些自幼就必須面臨的生離死別，出生就必須面對的汙穢指控，尚未成年便獨自前往異鄉，用盡力氣面對生命的艱難，只是為了讓自己活下去。弗朗茨多麼想再擁抱摩托，只要一點點也好，給予他更多的力量去面對生命的殘忍；可是現在，弗朗茨已經觸碰不到巨蛾的靈魂，那渺小的生命已像失了風帆的船，孤獨地往遠方飄搖而去。此時空氣中有東西將他們的情感繫在一塊兒，摩托殘留在空氣裡的寂寞，混著奶奶與愛麗絲的哀慟，還有弗朗茨對故友的深深思念，此刻他們全都共同經歷著。無法克制的悲傷再度從弗朗茨的心底淙淙湧出，他再一次為靈魂的不實指控流下真切的淚水。

愛麗絲和弗朗茨一言不發地整理起摩托的房間，他們仔細收拾帶有摩托生活記憶的空間，將事物歸回原處，彷彿一切都沒發生過般，房間終於回復成原本的樣子。弗朗茨把摩托破碎的翅膀仔細收好，帶回自己的房間收藏起來。此時他和愛麗絲默然坐在床上，雙雙思念著他們的故友。難道就這樣再也無法見面了嗎？弗朗茨沒想到失去朋友的感覺會如此椎心蝕骨，他們只能以無盡的思念稍稍抹去生命消逝的恐懼，提起微小的勇氣以面對生活的茫茫前途。他們絕對不會忘記那些曾經認真活過的靈魂，以及那些遺留於世的真摯情感，終將隨著記憶塗抹在他們心靈之上，永遠不會消逝離去。

愛麗絲像突然想起什麼地說：「不知道寶玉哥哥好不好？」

(2)

愛麗絲和弗朗茨才抵達大觀園，便看見賈寶玉不安地在門口來回踱步。

他們上前打招呼，寶玉看起來依舊魂不守舍的模樣，心不在焉地說：「等了你們許久，終於等到了。黛玉入殮的時辰就要到，我已經準備妥當，就在我們相遇的湖心亭。我先過去打點，你們趕緊過來。」寶玉說完便轉身走進門中，踏著虛浮的腳步往園裡走去。

弗朗茨和愛麗絲站在大觀園的入口，看著那如夢似幻的偌大莊園，裡頭的繁華似都已成過往，儘剩下蕭瑟的氣息尚存。他們剛踏入正門，立刻驚奇地發現到處都是賈寶玉的魂魄，從年輕到蒼老，各種形象的寶玉在莊園裡四處漂泊遊盪，紛紛散發著幽靈般的氣息。愛麗絲帶著弗朗茨穿越重重的幽魂，一路尋找通往湖心亭的小徑，途中經過無數個華美的庭院樓房，似乎曾經都住過青春活潑的人們，而今卻盡數掩沒在荒草裡頭。

他們經過的第一處住所院前種滿翠綠的竹子，久未整頓的竹林已將裡頭的房舍盡數遮掩，僅剩迂迴的羊腸小徑依稀可見，恍若通向引人思戀的虛幻仙境；第二處住所被許多假造的奇山異石重重遮蔽，蘅芷藤蘿佈滿整座庭園，一股蕭瑟冷峻的氣息瀰漫其間，卻從背後的居所飄來令人安頓的俗世香氣；第三處住所則是一座巍峨的古典亭閣，結構俊秀有節，裝飾坦蕩大方，然而一切卻都是陳年舊物，院前的海棠甚至謝了一半，令人不禁懷念起舊日的美好風光。

他們繼續往前走去，途經幾個荒蕪乾涸的山水池塘，接著又陸續見到幾處乏人問津的屋舍。第四處住所是一個樸實的農家茅舍，各式莊稼用品一應俱全，只是庭院中間一對搖椅和秋千淒涼對望，晃晃蕩蕩地，頗有人去樓空之戚；第五處住所尚未靠近時，遠遠便飄來一陣溫潤清甜的淡淡香味，近看原來是一座傍水的閨閣，柔情似水，只不過水邊的蓼花葦葉受到狂風吹襲，早已淒慘零落；第六處住所卻是一處隱世書齋，書香習習，齋前種有幾株杏樹，剩下幾朵嬌豔的紅杏傲然掛在枝頭，忽地大風一陣，寥寥杏花便被捲上天空，遠遠飛去再也看不見蹤跡。他們一個轉彎，眼前便出現一座莊嚴的古剎。古剎的廊道直直伸向中央的通天寶塔，廊道的左右各自描繪一幅綿長的水墨圖畫，弗朗茨靠近端倪時，只見圖畫的筆觸冷淡滄桑，短短的篇幅卻道盡人間的無奈世事；他們走過古剎的長廊，正色踏入佛塔之中，只見一尊肅穆莊嚴的大佛出現在他們的面前，愛麗絲與弗朗茨在大佛底下誠心祈禱一番，便又繞過古佛走出佛壇。誰知他們才剛剛走出佛塔，卻看見塔的後院一片枯枝殘梅，梅花樹林間擺有一桌冷淡的茶席，壺中的茶水似乎尚未涼透，旁邊的玉杯卻已狼藉灑了一地。

這一路走來，他們穿越形形色色的樓房，卻都是荒廢淒涼的模樣。弗朗茨想起賈寶玉曾經轉述他與林黛玉相戀之時，整座大觀園有如花神舉辦的盛大舞會，四處都是青春浪漫的氣息，現在想來多麼令人心生嚮往‧而今韶華盡逝，萬事皆已荒蕪，獨自生活在此的少年著實孤單淒涼，弗朗茨只盼自己將來能多來陪伴，以消解寶玉的寂寞心事。

此時他們眼前忽地一亮，一片清澈的玉湖就敞在眼前，彷彿整座大觀園僅剩這兒存有春天的氣息。蔥翠鮮豔的花草環伺湖畔，青鳥和綠蛙任意穿梭，彩魚與白鵝輕鬆倘佯，無處不瀰漫著青春快活的神奇魔力。弗朗茨往湖中看去，那湖心的涼亭是一座精巧的八角紅木亭樓，結構特異前衛，顏色飽滿熱烈，處處點綴著精采華美的雕花裝飾，遠遠看著好似一朵清秀的芙蓉長在水面，真真是個浪漫的藝術佳品。只見青春的湖畔有座嫻雅的小橋，曲曲折折地通向湖心的涼亭，弗朗茨跟隨愛麗絲的腳步，在橋上穿過擁擠的賈寶玉魂魄，耗費千辛萬苦，好不容易才擠進涼亭之中。

此時涼亭裡空空蕩蕩地，居中擺著兩具美麗的花棺，賈寶玉和林黛玉左右躺在錦簇的花叢間，雙雙面色寧靜，神態極其安詳。愛麗絲走到賈寶玉身旁喚了幾聲，卻見少年依舊保持安詳的睡容，遲遲沒有甦醒的氣息。她慌張地伸出手在寶玉的鼻前探試，隨後露出詫異的表情，又在他的胸口聽著，終於無力地搖搖頭，說是已經沒有呼吸心跳。

弗朗茨霎時感到一陣天旋地轉，一時之間無法相信！想不到自己剛剛才告別一位摯友，現下又有另一位朋友要離他們而去。他怔怔望著眼前長眠的戀人，看看青春可人的賈寶玉，白玉似的肌膚仍些許透著紅潤，嘴上不知為何淺淺笑著，似乎仍舊沉浸在愛情的美夢裡；他再轉頭看看一旁的林黛玉，那是個連天仙都會自嘆弗如的純潔少女，也是深刻烙印在寶玉心中的絕美愛情，同樣安安靜靜地沉睡在那兒，散發著如初戀一般的迷人香氣。弗朗茨忽然想起賈寶玉在書院時曾請託於他：「請你好好記住現在的我，曾經擁有林黛玉的愛情的我，那是一輩子只能有一次的，那是永遠不會再重來的。」是否當時寶玉便預知了自己的死亡？那個時候，弗朗茨還私自幻想著寶玉有如愛情的化身，少年願意為純摯的愛情而奉獻犧牲的燦爛精神，曾經令蒙昧無知的自己感動不已；然而現在在他眼前冰冷長眠的，卻是真正為了愛情放棄一切的脆弱心靈，是理想愛情幻滅之後的殘酷死亡。

弗朗茨不禁想問：何以愛情使人折磨至此？當初青春的少年只是一心一意想要擺脫愁苦的寂寞監牢，在夢中四處尋尋覓覓，好不容易尋得相知相惜的至愛，卻在理想的破滅之下丟失性命。難道想要擺脫孤單的寂寞心事有錯嗎？還是理想的愛情終將以死亡的姿態降臨？那麼我們還應該相信愛情嗎？我們仍然應該期盼真愛嗎？不知不覺地，青春的惆悵開始侵蝕弗朗茨成長中的心靈，像是黑水一樣，一點一滴淹沒他的心智，使他逐漸失去原有的清澈情感。

忽然之間，四周毫無預警地颳起一陣強勁的暴風，只見整座大觀園的賈寶玉全都像迸發的種子炸了開來，那些魂魄全化作滿天的棉絮，四處飄散在庭園的各個角落。愛麗絲與弗朗茨有如被捲入狂風暴雪之中，在花白的世界裡頭，他們漸漸感受到一種溫柔的迷茫，彷彿有東西隨著棉絮進入自己的身體，平靜地落在他們的心靈之上。啊！那就是愛情！那就是愛情啊！那甜美如蜜的芬芳滋味！那辛澀如蓼的麻亂情感！毋須任何人的解釋，他們頃刻便明白那原來就是愛情！這是弗朗茨第一次感受到如此悸動，像是帶有春日氣息的甘美泉水般，一點一滴破除他受到青春騷擾的煩悶心靈，將快樂的情感澆灌在他的心田。這時候，他才恍然明白，那個令少年願意捨棄性命追求的是什麼，那個令少年全心全意投入的又是什麼。於是，他忽然相信起來，他相信少年只是從夢中醒了過來，而他將帶著這一切，在現實中獲得自己的幸福。是的，一定會幸福的，他這樣想。

待他們回過神來，花棺裡的戀人已悄然消失，整座大觀園空空蕩蕩地，只剩下弗朗茨與愛麗絲呆立在原處。他們倆默然許久，最後輕手輕腳地溜進花棺裡頭，凝視著彼此而久久不語。

(3)

他們回到愛麗絲居住的城堡裡，一人一蟲，心中帶著無數的心事。

愛麗絲居住的地方是一座壯闊的莊園，莊園的外觀儼然是一代王爵的宮殿，主樓是一座中世紀的城堡，暗灰色的巨岩砌成碩大方正的堡壘，牆面穿插各種英雄的健美雕塑，赤身裸體地展示著勇武的姿態，數百扇彩色玻璃花窗羅列其間，在光線的照耀之下發出綺麗絢爛的光芒。環繞城堡的是一座極為遼闊的歐式庭園，以城堡為中心呈放射狀延伸好幾百里，花草被植栽成嬌嫩飽滿的姿態，林木被修剪成巍峨挺拔的式樣，中間建有一座巨型的人工湖泊，一尊威怒雄壯的海神破水而出，金睛如電，火鬚如雲，被群群的海之侍衛自底下烘托著，花花綠綠的小船漂浮在四周供人划水怡情；再往外延伸出去，花園的外側錯落幾幢極富異國風情的行館，有古羅馬式的石造宮殿，有新歌德式的尖塔離院，有中國傳統的山水亭閣，還有波斯風情的圓頂宮苑；再往外延伸出去，行館群的外圍是一整片針葉樹林，參天的樹木如挺拔的軍隊一般綿延不絕，據聞林中豢養數百種奇珍異獸、種植上千種奇花異草，用來提供遠來的尊客狩獵賞玩。

「這是父親建造的莊園，卻只有我一個人來到夢中。」女孩站在偌大的莊園前顯得特別渺小，連聲音都細微了起來。弗朗茨第一次進到愛麗絲的居所，他總覺得城堡的內部既陰暗又潮濕，冰冷的石材有種令人難以喘息的壓迫感，就像是身材高大的父親將孩子遮蔭在自己的陰影底下。

「先陪我去一個地方。」愛麗絲說。女孩一如往常毫不遲疑地向前走著，快速移動在迷宮般的城堡裡頭。他們穿越許多陰暗的廊道，踏著石造階梯忽上忽下，經過一扇又一扇的小門，走了好長一段時間，最後來到一扇破朽的木門面前。愛麗絲從口袋拿出鑰匙在門孔裡轉動兩下，伸手將木門咿呀推開，忽地眼前出現一片閃閃發光的蔚藍海洋，徐徐的海風向他們吹拂過來，一陣又一陣地，彷彿挾帶著夢想的奇幻氣味。弗朗茨隨著愛麗絲的腳步跨出門檻，那裡有座狹窄的石階盤旋向上，他們緊緊偎著石塔的邊緣，一路小心不讓強勁的海風給吹落，一面向塔頂攀登，沒一會兒便來到石塔的頂端。

塔的頂端有扇小小的房門，愛麗絲將生了鏽的房門打開，弗朗茨便跟著愛麗絲鑽入那個小房間裡。只見房間四處堆滿書籍，有的收藏在櫃裡，有的散落在地面，除此之外還有一組簡單的桌椅，以及一張乾淨的床鋪。「這裡是我的私人書房。」愛麗絲向弗朗茨介紹，順手便將吹著海風的房門關了起來。高塔的氣味與城堡的內部完全不同，擁有異常柔軟而愉快的氛圍，明亮的光線從四面的窗戶照耀進來，眼望出去就是遼闊的景色。愛麗絲走向面海的那扇窗戶，才將窗子推開，馨香的海風便趁勢吹了進來。

「海的那邊就是烏托邦。」愛麗絲指著遠方說。

弗朗茨經過一天的折騰，疲憊的精神使他的神智恍恍惚惚。他走近愛麗絲的身旁，透過窗框望向奇幻的大海，只見海上隱隱約約有座巨大的城市，像被薄紗遮掩般顯現朦朧的身影，似幻似影，卻不斷飄著冉冉升起的黑煙，簡直像燃燒著誰的理想般繚繞在上頭。原來那就是理想的國度，弗朗茨想。此時浪潮的聲音從風中規律地傳來，似乎帶著工業機械的隆隆悶響，以及焚燒樹林的劈啪細響，聽著聽著，弗朗茨忍不住闔上疲憊的雙眼，就這樣睡了過去。

啪唰，啪唰，啪唰——

啪唰，啪唰，啪唰——

啪唰，啪唰，啪唰——

當他醒來時，天色已經暗了。

意識朦朧之際，弗朗茨看見女孩坐在書桌的前面，低頭悉心寫著札記。夜色從一旁的窗戶透入，將她金黃色的髮絲染得閃閃發亮，雪白的頸子漾著夜晚的流光，像一絲清泉爬進她純潔的衣衫裡頭。弗朗茨偷偷瞧著女孩，隱約覺得心中有什麼事物被觸動了，像顆破土而出的微小種子，似是一種愛慕的情感在他心中發出芽來。

「我們會往什麼地方去呢？」愛麗絲低頭對自己喃喃問著。

我們會往什麼地方去呢？弗朗茨也問著自己相同的問題。在經過一番生死離別之後，他依舊不明白自己將前往何方，此刻他只感覺自己像失了雷達的漁船，在佈滿烏雲的暗夜裡頭漂漂蕩蕩，惟有命運才知道他將往何處前進。我們會往什麼地方去呢？他不禁想起好友摩托，憶起當初他攀附在玻璃窗戶的神祕模樣，美麗的翅翼被世界之核的光芒照耀，像是一張藏有預言的圖騰在自己的眼中瑩瑩閃爍。我們會往什麼地方去呢？弗朗茨也想念賈寶玉的靈魂，那一個又一個幽蕩在大觀園的青春幻影，彷彿四處尋求寂寞出口的孤魂野鬼，肉身卻極其安詳地躺在摯愛身旁，最後隨著理想愛情的終結灰飛煙滅。

我們會往什麼地方去呢？

我們會往什麼地方去呢？

「你醒來啦？」愛麗絲在他思索的期間一直盯著弗朗茨。黑蟲不知為何忽然地羞怯起來，他似乎覺得自己的身軀實在太過醜陋，便將女孩披在他身上的毛毯捲得更緊一些。這輕輕的一擰，毛毯卻又飄出一陣清甜的香氣，鬧得他更加心神不定。

「很冷嗎？」愛麗絲問。

「不會，謝謝妳的毛毯。」

愛麗絲招呼弗朗茨到她的身邊，手指著窗外說：「你來看看夜晚的烏托邦。」

弗朗茨爬向窗檯，從高塔的窗戶望出去。在一片漆黑深邃的大海之中，漂浮著一座閃閃發亮的城市，絢爛地發著霓虹色的燈光，看起來熱鬧非凡的模樣。從乾淨的夜色望去，夢幻的城市完整地倒映在海面，像是一個自戀的美少年站在西洋鏡子面前，自信地擺出各種風流賣弄的姿態。只見其間許許多多的高樓大廈前後錯落，忽高忽低，忽胖忽瘦，紛紛點上金黃色的照明，像是一根一根璀璨明耀的煙花棒子，擁擠地團簇在一塊兒，正歡欣鼓舞地慶祝夜晚的生活。弗朗茨站在窗前癡迷地望著，卻隱約覺得那理想的國度像個虛無的蜃景，永遠孤獨地存在遙遠的海上無法企及——倘若想要伸手觸碰，美麗的城市就會遠遠地跑走，是那個樣子的幻影。

「真美啊。」弗朗茨不禁讚嘆。

「是呀。」

他們在夜色裡看了許久，如往常那樣不發一語。

「弗朗茨，你有想過理想的模樣嗎？」愛麗絲忽然問。

「理想嗎？」

「是的。」

「就目前來說，我希望能夠更加瞭解自己。」

「嗯。你曾說過要找到生命的意義，那麼找到自我就是找到意義嗎？」

「我不知道……」弗朗茨覺得這個問題太過明確，而他的答案卻太過模糊。

「只要持續追求，總有一天會發現答案的吧？」弗朗茨接著說。

「我也是這麼相信的。」愛麗絲說完停頓好一陣子。

「但是弗朗茨，我們真的值得擁有理想的模樣嗎？」她忽然問道。

「……」

「我的意思是，我對理想實在抱有一些疑問。你應該知道烏托邦就是理想的集合體吧？所謂的理想，就是人們認為最美好的想像——我們曾經將那些理想從欲望中抽取出來，運送至烏托邦進行實踐；可是最後，卻因為每個人的理想實在太過於迥異，竟然衝突了起來。你想想，人們的理想有可能一模一樣嗎？若是我們的理想互相衝突怎麼辦？若是我們的理想互相犧牲怎麼辦？烏托邦擁有全世界最美好的事物，那座島嶼的確實踐了人們的完美理想，但諷刺的是，如今卻也因為理想變成可怕的災難之島。別看那座城市擁有美麗的表象，裡頭潛藏的可是巨大的汙染和孤獨呀！每天都有屍體從海的那邊漂來，雖然腐朽了，卻依然帶有理想的氣息，散也散不盡，忘也忘不了。我每天看著那些腐爛的屍體，不禁想像在那座理想的島嶼上，所有被理想所豢養的生命，最終還是死於理想的荼害。究竟實踐理想是美好還是災厄呢？我現在也逐漸分不清楚了……」愛麗絲一股腦地說著，終於深深陷入自己的煩惱。

弗朗茨看著因煩惱而愁苦的愛麗絲，一時間不知道該說什麼才好，卻仍然勉強說了一句：「我還是相信有更好的地方。」

「不！為了理想，我殺過人的！」愛麗絲突然高喊，像是一個就要瘋狂的人。

「殺人？」弗朗茨嚇了一跳。

「也許不是真正的殺人……」她顫抖著，「但是我知道，我曾經為了自己的理想做出某種無法挽回的犧牲。詳細的情形已經記不得了，可是那種悔恨的心卻一直都存在，就像噩夢一樣沾黏著我的靈魂，在某處逐漸地腐爛。弗朗茨，追求自我的理想是正確的嗎？還是我們也不知不覺醞釀著罪惡？」她痛苦不堪地說。

「……」

「忘記悔恨吧，愛麗絲。」弗朗茨不知為何自心底說出這句話，「妳要愛這個世界！」

愛麗絲小小的身軀忽然發出一股震顫，像是喝下冬日的暖湯一樣，心情終於漸漸平復下來。

「謝謝你，弗朗茨。」她說。

「你知道嗎，你的父親也在這裡說過一模一樣的話。」

「……」

「愛麗絲，我想問一個問題。」

「請問。」

「我是誰？」

她忍不住笑了：「你是弗朗茨啊。」

「老實說，有時候我真覺得自己是虛幻的，只有跟著你們在一起時，我才漸漸看見自己的模樣。是你們告訴我世界如何構成，是你們引導我如何認識自己；但是現在，大家都離開夢境了，我愈來愈看不見自己，我愈來愈覺得孤單。再這樣下去，我真的有辦法找到生命的解答嗎？」

「相信我，弗朗茨，你一定可以的。死亡也是我們的一部分，孤獨也是我們的一部分，越過孤獨與死亡的生命是找不到解答的。你要將問題持續放在心上，無論發生什麼事情，都要耐心去找尋自己的答案。」

「嗯……」

「其實當時你父親的離去，我們也同樣經歷了長久的失落。他曾經在我們懵懂的時候教導我們許多事情，引領我們走出生命的道路。如今我們雖然告別了彼此，但是他的靈魂卻彷彿一直留在我們身上，一直延續到你的出生，再透過我們將信念傳遞給你。我想，也許這就是生命的傳承吧，它與生與死都共存在一起，以愛的形式流傳著。」

「愛麗絲，我是父親的影子嗎？」

「不，」愛麗絲將身體轉過來，正臉瞧著弗朗茨，「你就是你自己。」

弗朗茨從女孩堅定的眼中看見自己的模樣，那似乎不再是一隻特異的黑色蟲子，從那雙清澈明亮的眼眸裡頭，他看見自己青春年少的臉龐，有點雀躍、有點膽怯、有點好奇、有點徬徨。那一瞬間，他真的相信他誰也不是，他就是他自己。

「謝謝妳，」弗朗茨流下青春的眼淚，「希望有一天我能找出生命的解答。」

「你會的，你一定會的。」

「時間晚了，今天住下來吧。」愛麗絲撥撥裙襬站立起來，帶著弗朗茨離開高塔的書房。

他們一起回到城堡裡頭，弗朗茨再次跟著愛麗絲穿梭在各種富麗堂皇的房間，他們經過鑲滿金飾的餐廳、水晶繚繞的舞宴房、白玉青瓷的辦公室、炎毯碧磚的會客間；他們左穿右繞、攀上爬下，弗朗茨看得眼花撩亂，彷彿全世界的宮廷元素全部收攬在這兒，令他目不暇給、眼界大開。

「妳一個人住在這裡嗎？」弗朗茨不禁讚嘆地問。

「我一個人被困在這裡。」愛麗絲沒有回頭地回答。

她將弗朗茨帶進一間寬敞的臥室，房間裡同樣擺設著極盡奢華的精雕象牙傢俱，四處收藏著銀洋劍、錫盔甲、航海圖、地球儀等貴重物品，中間是一張寬大舒適的鵝絨床褥，兩側各掛著一幅男性的肖像，看起來似是一位君主的尊貴畫像，左邊騎著駿馬，右邊抱著政書，雙雙流露威嚇嚴峻的表情，令弗朗茨看了震懾不已。

「就請你將就在這兒睡一晚吧，我的寢室就在對面。」

「謝謝。」

「祝你今晚有個好夢。」愛麗絲說完便將房門帶上，往自己的房間走去。

(4)

當天晚上，弗朗茨忽然被一聲淒慘的驚叫嚇醒。

弗朗茨睜著雙眼伏在床上，仔細聽著門外傳來的聲響，似乎有個痛苦的呻吟聲從黑暗中不斷傳來。他小心翼翼地爬下床鋪，沿著聲音四處找尋，推開房門走入更加漆黑的走廊，像是被吸入罪惡的深淵一般，在黑暗中仔細聽著來自遠方的呻吟。弗朗茨最後發現，那聲音竟然是從愛麗絲的房間傳來。他試著叩擊房門，可是卻沒有人前來回應，哀號的呻吟卻愈來愈淒苦，令弗朗茨不禁焦急起來。他再次用力地頂撞房門，這一次，房門卻從內側被忽然打開，女孩的臥室砰地袒露在他的面前，只見格局與自己的臥室一模一樣，床邊卻掛著一對年輕貌美的婦人肖像，左右四隻眼睛緊緊盯著弗朗茨瞧，令他不禁發出一陣冷顫。

弗朗茨趕緊爬到愛麗絲的床邊，看見女孩雙眼緊閉、眉頭緊蹙，表情異常痛苦地呻吟著；忽然間，愛麗絲的四肢開始拚命掙扎，頸子像被什麼東西扼住一樣露出凹陷的痕跡，面容開始逐漸失去血色。此時他忽然想起女孩提過的夢，弗朗茨慌亂地搖晃著愛麗絲，希望能夠趕緊將女孩從噩夢中喚醒；然而愛麗絲卻依舊深陷在噩夢裡頭，她像沉溺在水底般不斷地乾咳，臉色愈發淒慘蒼白，最後竟然兩眼一翻，吐出一陣白煙便昏厥過去！

黑貓彼得卻從那陣白煙裡跳了出來。

「晚上好。」他一派慵懶地說。

弗朗茨趕緊探試愛麗絲的鼻息，幸好她仍有細微的呼吸，似乎安靜地睡著了。

「她沒事的，不用擔心。」黑貓依舊踩著輕浮的腳步，擺著長尾巴在弗朗茨身邊走動。

「是作了噩夢嗎？」弗朗茨驚魂未定地問。

「每天晚上都會這樣子，」彼得說，「她在夢中一次又一次地殺死我。」

「殺死你？」弗朗茨露出驚訝的表情，「她有提過殺人的事情，可是你不是她的幻想嗎？」

「不，我並不是愛麗絲的幻想噢。我們是**雙胞胎**。」

「雙胞胎？」

「是的，雙胞胎，我的一半是她，她的一半是我。只是愛麗絲已經忘記我了，在夢中我就只是黑貓彼得。」

「我搞不懂了。」弗朗茨稍稍鎮定下來。

「嘿嘿，」黑貓走到他的面前，「想知道我們的事嗎？」

「請你跟我說。」弗朗茨半放棄似地說。

「好，今晚就跟你說個床邊故事吧。」彼得跳到弗朗茨對面，坐在雪白的床鋪上從容地講了起來：「我和愛麗絲在另一個世界是一對雙胞胎。我們在同一個時間受孕，成長於同一個母親的肚腹，也幾乎同一個時間降臨在這個世界。在母親的肚腹裡我們緊密地相連，基因平等地分配在我們身上，血液將我們連結在一塊兒，直到我們離開母親的肚子，兩個人的一部分都還是緊緊地繫在一起。這種親密的情感自幼就強烈地影響著我們，愛麗絲與我，我們從小就像照映鏡子一般共同生活著。我不斷經驗著愛麗絲的生命，愛麗絲同樣體會著我的心靈；身分的區別在我們之間並不存在，我們經常裸身對望，交換著名字，交換著身分，從來沒有感覺到絲毫的不適應。

只不過，身邊的人們卻經常搞混我們兩個，而他們似乎對此感到困擾不已。

於是大人想出最簡單的方法：彼得是**男孩**、愛麗絲是**女孩**。我開始剪短頭髮，穿起男孩子的服裝；相對地，愛麗絲則留起一頭長髮，穿著女孩子的服飾。我們就像被狠狠撕裂一般，被當作兩個不同的個體在扶養。男孩子應該受到什麼樣的教育和思想，全都落實在我的身上；相反地，愛麗絲則嚴格受到婦女的道德培育，一路成長過來。儘管大人如此區分我們，我們卻仍像鏡子一般時時照看彼此，就像鏡子的內外一般絲毫分不出差別。

教育卻在我們的成長過程中逐漸變成壓抑的因子，使得愛麗絲愈發抑鬱不安。

在外人的眼中，愛麗絲是叛逆的，是不道德的。那些她對於社會知識的好奇，對於運動賽事的熱愛，甚至是對自由愛情的追求，都在在受到大人的批判。他們要求她成為賢淑守貞的少女，他們禁止她過度參與社會事務，希望她成為照顧家庭的女人，成為溫良恭順的妻子。愛麗絲不只一次對此表示抗議，她認為她想要追求知識的心不應該遭受壓抑，她反對盲目的順從，她拒絕安排好的婚姻。相對而言，我的成長教育就寬鬆些，男孩們被鼓勵在學校進行知識的追求，盡情享受同儕之間的活動；雖然我們承擔著另外一種社會期待，但總地來說，卻不如愛麗絲那樣從內在對世俗價值產生反動與衝突。

儘管如此，我們兩個還是積極地對抗一切。愛麗絲與我並沒有因為大人的規則而產生隔閡，兩個人的靈魂仍舊緊緊地相繫在一起，共同抵抗世界的各種挑戰。愛麗絲面臨的不安與掙扎，我也承受著一樣的痛楚；而她被價值狠狠傷害的心情，我也同樣深切地感受著。

直到某一天，我們的青春期終於無可避免地來臨。

在青春期的過程中，我們的性徵毫不掩飾地袒露出來，就像逐漸盛開的花朵一般，兩個人的生理構造開始出現難以忽視的巨大轉變。這使得我們終於不再相同。性別的差異就像烙印在肉體的記號，令我們再也無法欺騙彼此是一模一樣的。敏感的愛麗絲對此感到命運上的背叛，她彷彿遭受無可言喻的羞辱一般，憤怒地指控我的叛離。在她的眼中，我就像輕鬆站上高聳的山頭，揮著勝利的旗幟嘲弄著她，將她獨自拋棄在世俗的深淵裡。漸漸地，被憤恨與恥辱壓垮的愛麗絲再也不願意相信任何人，她選擇孤獨而激進地繼續抵抗這個世界。

終於在某個失控的晚上，愛麗絲失手將我殺死了。

我仍清楚記得那個夜晚，失去控制的愛麗絲彷彿無法原諒自己心中變質的形象般，將我緊緊地扼在床上。她發瘋似地尖聲喊叫，質問著世界所有價值，質問著平等的意義。巨大的悲傷不斷從冰冷的雙手流淌過來，逐漸侵佔我所有的情感；儘管我不斷想將關愛的心情傳達回去，卻彷彿被某種深厚的城牆堵住了。我想，那時候愛麗絲的心早已變得像這座城堡一樣，築起一道又一道沉重的壁壘，將自己的情感封閉在某個深而幽暗的地方了。誰也進不去那幽暗潮濕的深處。於是那天晚上，我終究被愛麗絲殺死了。我再也看不見成長後的世界，就像愛麗絲永遠回不到過去一樣。」

黑貓的雙眼在夜色裡頭閃閃發亮，弗朗茨卻感到一股濃郁的憂傷瀰漫在空氣中。

「也許真的從青春期開始，我們就注定背對彼此走向世界的兩端也說不定……」

「你一定也很難過吧。」弗朗茨感傷地說。

「是的。」彼得深呼吸一口氣，「沒有人的青春是輕鬆的。那些男孩的價值也同樣束縛著我，逼迫我將許多情感沉澱在無人知曉的深處。在面對世界的期盼眼光時，我也曾經選擇將自己原本的模樣小心地隱匿起來，若無其事地過著正常的生活。但是，我以為愛麗絲會瞭解，可是她卻沒有。她選擇日復一日地將我殺死。」

「我能夠理解的，彼得。」弗朗茨向前擁抱彼得，他同時想起摩托擁抱自己的模樣。

彼得終於在弗朗茨的懷抱中哭泣起來，他傷感自己的青春不應該是如此的。他那些自生命迸發的激烈情感，最後都被束縛在世俗價值的晦暗深處，圍困在那些光明照不進去的地方，像無數的蛆蟲般被厭惡地留在那兒。然而，那原原本本是他的一部分呀。再醜惡不堪的部分，都是他自己的靈魂啊。如果愛麗絲能夠及時發覺，那麼兩人就能再合為一體了。為什麼愛麗絲要殺死自己呢？為什麼他們不再記得彼此真實的模樣呢？

愛麗絲忽然從睡夢中醒來，張著眼睛坐了起來，直直盯著彼得。

「彼得，我們是一體的。」她像突然想起來地說。

「愛麗絲，我們是一體的。」彼得也哭喪著臉說。

他們緊緊地擁抱彼此，像一對稚子般，此刻愛麗絲和彼得同時憶起某種純粹的精神，如同深處浮起的泡沫般來到了記憶的表面。那是他們在母親子宮裡頭的印象，在那深沉溫暖的水體裡頭，他們不分彼此地相擁在一起。這些記憶一直都留在他們的心底，彷彿靈魂中最無暇的部分，此刻正治癒著他們被塵世刮磨得傷痕累累的心。他們一起被帶回生命的源頭——如今他們全想起來了，他們想起自己真正的模樣，那是不分性別、不分優劣，那是一體性的、生命性的平等，那是愛的起源。

他們終於安安靜靜地睡了。男孩與女孩左右擁抱著弗朗茨，愛情的靜謐悄悄流轉在他們之間，使孩子們今晚睡得比過去都還要香甜。

(5)

我作了第三個關於台北的夢。

我將沉重的眼皮睜開，整個人昏昏沉沉地，發現自己坐在捷運的車廂裡頭。疲倦的我望著前方，看見所有人都無精打采的樣子，車門上頭的儀表板顯示下一站是國父紀念館；我又低頭看了看手錶，現在的時間是晚上十一點鐘，才終於想起自己是在下班回家的路上。車廂裡頭並不是太擁擠，除了座椅坐滿乘客之外，只有零星的乘客站著，所有人都低著頭，全都在使用智慧型手機，臉上被電子螢幕照得一閃一閃發亮，彷彿一個個被吸進另一個世界裡頭。

我低下頭想繼續闔眼休息，卻聽見旁邊兩位穿著套裝的女人討論起手機上看到的訊息，內容是關於少年Z的死刑已在稍早執行。

少年Z，兩年前犯下台北捷運隨機殺人事件，造成四人死亡，二十二人受傷的恐怖案件。我回想起當時的新聞報導，當天下午四點鐘，少年Z在捷運板南線的龍山寺至江子翠路段，將預先藏好的鈦鋼刀取出，開始攻擊未注意的乘客，陸續造成四位乘客的死亡，以及多位乘客的輕重傷；倉皇失措的乘客們奮力躲避抵抗，直至列車抵達江子翠站，少年Z才揮刀走出捷運車廂，在逃離捷運站前遭到保全人員壓制，最後在捷運票口被多位民眾共同制伏。這起駭人聽聞的事件當時造成社會極大的震撼，不僅新聞媒體巨幅報導，更有許多事故現場的影像在網路流傳，觸目驚心的影像四處氾濫，最終造成人心惶惶不安，搭乘捷運的人數驟減，市民無法安心通勤，時時對周遭的環境警覺不已。

我忽然睜開眼，環伺車廂裡頭的動靜。此時人們還是一樣闔眼休息，或者面無表情地用著手機，和每天一樣，捷運日復一日載著陌生的人們，無情移動於漆黑的地底之下。我再也無法沉睡，只好拿出手機瀏覽今天的新聞，很快地便透過社交媒體看見少年Z被處刑的消息：有關少年的身世、犯罪的動機、受害者的心情、司法的調查、死刑的存廢，各種新聞與評論在社群裡喧騰一時。根據媒體的報導，少年Z的死刑判決在上個月三審定讞，不到一個月的時間便由法務部長簽署執行，於今天晚上九點鐘完成處決。對此，有民眾感到大快人心，認為正義終於獲得伸張，社會得以回歸安定；有人卻說死刑的執行過於倉促，背後所隱藏的問題尚未釐清，便匆匆將犯人處決，實是不智之舉。一如往常地，在這個人人都能發言的年代，什麼事情都會有不同的意見，卻像永遠無法達成共識般在網路大聲發表著。

恐怖的事件至今已經過去兩年，表面上社會已經回歸平靜，我們卻隱隱覺得有什麼事情還沒弄清楚。如今網路又開始出現當時的駭人畫面，有人一面分享影像一面斥責兇手的惡行，極力伸張一命償一命的正義精神。這使我想起當時少年Z犯案的時候，也有許多未經處理的照片被公開，各種謠言也在網路上流傳，少年Z的身世漸漸被網民挖掘出來。我看著年紀與我相近的少年Z的照片，成長背景也與自己相去不遠，彷彿少年Z

就是身邊的某一個朋友，當我們一個不注意之時，忽然就化身窮兇惡極的屠殺之人。這使我一時之間迷惑了，不真實的感覺縈繞在身體許多天，伴隨著恐懼，直到好幾個月後才消散。

倘若少年Z可能真的就是我們身邊的人，是什麼原因使我們沒有察覺危機呢？在忙碌的生活裡頭，我們究竟忽略了什麼？事件的根源究竟是什麼？是環境出了問題嗎？還是人格的差池呢？我們身處的社會安全嗎？我們伴隨的精神無礙嗎？當我對這一切產生疑問時，的確就像某些人所說的，死刑的執行已經斬斷我們找出答案的線索了。

我又從網路媒體看見一篇少年Z的判決報告。根據法院的蒐證，除了罪證確鑿的犯罪事實之外，也從犯罪人的精神狀況、矯正教化的可能性等試圖做出診斷，以決定是否將少年Z判處死刑，或量刑為無期徒刑。而當時的調查報告則指出，少年Z的成長過程正常，除了性格喜好標新立異、自我意識強烈之外，並無確切的精神病症足以影響判斷能力。不過調查也顯示，少年Z在就學期間，曾經因為同儕之間的溝通問題，以暴力的方式解決內心壓力，已隱約透露傷害他人的人格傾向；自此以後，少年Z便開始書寫驚悚小說，將不符合心中正義的人物一個個「處決」，藉以抒發對外在環境的不滿；最後，少年Z因為學業屢遭挫折，人際關係發展不順，漸漸產生虛無的人生觀，終於以結束自己的生命為目的，犯下足以判處死刑的殺人案件。

專家的判斷是，少年Z當時並無精神失常以致殺人行兇，一切出於個人意志，濫傷無辜，手段兇殘，且犯案之後毫無悔意，其表面舉止雖似符合社會規範，實則內心價值觀嚴重偏差，而對社會深具潛在危險之性格，已難以使其教化或再社會化。因此，法院決定將少年Z判處死刑，以彰顯社會正義。

看著少年Z的調查報告，不知為何地，我感到沮喪起來。這不正是我們成長的過程所遭遇的一切嗎？人際關係的困惑、迎合升學的期待、面對自我的搖擺、遭遇生活的挫折，這不就是一個盡力求生的青少年嗎？而又是從什麼時候開始，使得少年Z漸漸對一切絕望呢？為何他要選擇這種方式結束生命呢？如果他和過往的殺人案件一樣出於報復的心思，那麼，他又是在對什麼報復呢？我茫然地抬起頭來，忽然感覺一切都非常不真實，好像自己仍在作夢一樣。

只見車門上的字幕快速地跑著，顯示列車已經駛進台北車站，在銀灰色的車門打開之後，大部分的乘客都下了車，換了一批晚歸的人們搖搖晃晃地走了進來；他們同樣低垂著頭用著手機，彷彿各自作著私密的夢境一般，直到捷運再次將車門關上，整輛列車便再度靜悄悄地駛進黑暗的隧道裡頭。

列車行駛到一半時，有個穿著運動外套和牛仔褲的男人向我走來。他一屁股坐在我身旁的空位，我低著頭看著他破舊的運動鞋，想著自己也有一雙同款式的，還沒有穿成這樣就已經丟了。沒過多久，男人卻忽然向我開口說話。我抬頭看去，這才發現那竟然是我的高中同學，畢業以後我們便失去聯絡，沒想到竟然在深夜的捷運上巧遇。「你好嗎？」他問，還是一樣熟悉的聲音。我們互相寒暄了一番，兩人都想起了高中時的青稚模樣。那個時候我們來自不同的班級，卻都在高一時加入插畫社。社團基本上每個星期都會進行一次社課，有時老師還會安排假日的寫生活動，使得我們在課業繁重的高中能保有一塊美好的去處。

這位同學綽號阿松，瘦瘦高高的乾癟身材，我們當時都叫他「長腿松」。個性內向的長腿松總是喜歡窩在社團的角落，安靜且專注地畫著畫；由於繪畫是他從小從未間斷的愛好，因此長腿松的繪畫技巧比當時的我們都還要嫻熟，就像他的身高一樣，遠遠地高出我們一截。水彩是他最擅長的媒材，他總是用小巧的畫筆在明信片大小的紙上作畫，小小的畫紙充滿他細緻飽滿的筆觸，風景彷彿透過他的大手化成燦爛明亮的印象，使我在高中時對他的才華景仰不已。

我們在捷運上聊著近況，阿松的眼神卻忽然閃爍起來。我隨著他的眼光往車門的方向看去，門上的儀表板顯示列車即將離開龍山寺站，準備出發前往江子翠站，正是稍早看到的少年Z事件案發路段。這使得我也開始坐立不安，我們的談話明顯慢了下來，兩個人都若有所思的模樣。

終於長腿松還是提起少年Z的事情。

「這件事情太可怕了。」他說。

「是呀，」我附和著，「這種事竟然出現在台北的捷運……」

「不，我是說整個案件，」表情依然焦慮不安的阿松說，「包括今晚的死刑。」

長腿松對我說，兩年前事件發生的幾個月間，他經過這個路段都會產生嚴重的焦慮症狀。由於他有精神疾病的歷史，當時的焦慮症狀一發不可收拾，使得他必須放棄搭乘捷運，半年內都靠公車通勤。

我想起阿松的精神病症就是在高中時期開始發作的。升上高二以後，因為家人期許而選擇理組的長腿松，課業逐漸跟不上同學的腳步，於是來到社團的日子漸漸減少，每次一來就是坐在角落，自顧自地畫著圖畫。當時長腿松的畫變得既模糊又晦暗，所有的顏色都暈染開來，彷彿一切事物都看不清楚般，只流露出一種悲傷的氣息。但是他自己並沒有發現這種轉變。直到有一次，他在自己的畫桌上皺著眉頭作畫，畫著畫著，竟然流起眼淚來，停都停不下來。我們擔憂地湊上前去，只見他的畫紙上有個小男孩背對我們，四周被深邃的黑暗包圍著，踽踽的小腳已經陷入黑暗中染成青黑色，再也無法行動的模樣。

哭泣的長腿松對誰都說不出話來，又這樣過了好一陣子，最後再也沒有出現在社團裡。

後來輾轉聽說阿松因為憂鬱症的關係，停學了半年，隔年才回到學校就讀。

高中畢業之前，我在台北車站的補習班遇見阿松。他的氣色看起來已經改善許多，我們便像今天一樣一起搭車返家。在燈光昏黃的捷運車廂裡頭，穿著高中制服的長腿松第一次和我說明憂鬱症的狀況：升上高二時，選擇理組就讀並非他的意願，而是父親對自己的期望；不過當時阿松的各科表現平均，並沒有突出的項目，從小也只有繪畫的興趣，於是覺得選擇理科就讀也沒有反對的理由。後來進入新的班級，他才發現自己的興趣和同學們大相逕庭，越來越艱難的科目也使他漸漸跟不上腳步；不善表達的阿松並沒有傾訴的對象，甚至被同班同學視為異類，最後只能變得獨來獨往，把不適應的痛苦盡往心裡吞。而讓事情惡化的原因，是家裡的狀況。當時父親和母親處不好，兩人經常在家裡爭吵，晚上都能聽見大吵大鬧的聲音。原本家中是阿松暫時躲避學校的地方，最後連家裡都待不下去了，他每天只能在外遊蕩，回到家中就是躲進房間，時常埋在棉被裡頭哭泣。「我感到自己對一切都失去希望，再也沒有活著的必要。」阿松揉著制服外露的衣角靜靜地說，我看見那塊衣角已經被他的手指掐地灰撲撲地。

「後來我的精神像逐漸沉沒的船一樣，一點一點地陷入無盡的海底。」終於阿松再也無法前往學校，他毅然決定要休學半年，「那時候學校請我找家長來處理，我根本不想讓爸媽知道這件事情，於是就找了小叔叔來學校幫忙。」長腿松的小叔叔是個畫家，小的時候就是他讓阿松喜歡上繪畫，也是他開始教導阿松一些繪畫的技巧。只不過阿松的叔叔長年在宜蘭的畫室工作，長大以後也漸漸疏遠了，直到這件事情他才請小叔叔來學校幫忙。「小叔叔知道以後，立刻積極地幫我處理休學的事情，還跟我的爸媽溝通，要帶我去宜蘭住一陣子。」

「在休學的半年間，小叔叔帶著我在宜蘭生活，他不僅教我繪畫的技巧，還帶著我一起四處尋找創作的靈感。那時我最喜歡的景色是日出的稻田——在一片無盡的暗夜之中，我們悄悄蟄伏在水田中央，霧濛濛的遠方逐漸透出青白色的光芒，圓滾滾的太陽從地平面忽然升起，一瞬間將所有的雲霧都染成橘紅色，一道曙光灑落在綠油油的稻田上，將飽滿的水稻映得一閃一閃發亮。沒錯，就是那個景色給了我真正的希望，讓我覺得自己的生命也隨之豐滿了起來。」

宜蘭的生活使得長腿松的病情漸漸好轉，只不過最後他還是得回到台北與父母生活。於是小叔叔和阿松約定，復學之後轉到比較適合自己的文組，並且努力將高中學業完成，再好好決定未來的路。關於這件事情，阿松說他已經決定好了。我仍記得當時阿松身上有種說不出的活力，彷彿能夠聞到他所描述的山巒、日出與稻田的味道，這是台北出生長大的我從未經歷過的，令我不禁欽慕起來。

「看到少年Z，就好像看見當年的自己一樣。」阿松在捷運上繼續說著，「雖然後來我體悟到，只要我們找到對的方法，不好的事情總會過去的。每當我的情緒快要失控時，我總是這樣極力告訴自己，並且及時發出求救的訊息。不過當時我很清楚，只要再跨過去一小步，只要再一小步，一切就會失控了。」

「這段期間內，所有人都在審判那個失去希望的孩子。」我聽見阿松的口氣裡有些許的無力感，「事件發生的那段期間，我總會忍不住想起自己高中的模樣，還有人們對我指指點點的表情。社會對少年Z的審判，就像在對我自己的審判一樣，我有時候會夢到自己就站在法庭裡頭，被一個又一個大人審問，然後他們好像已經對我完全透徹般，對我的行為做出結論，對我的未來指出方向。可是事實上，那些代我發聲的人一點也不瞭解我。只有我瞭解我自己，只有我看得見他們看不見的那個部分。而那個部分，我並不覺得他們有資格審判。老實說，我相信他們心底也有那個部分，我們都一定有那個只有自己看得見的部分，是不能夠拿出來被別人輕易地說：這是好或不好的東西。」

「你有看到少年Z的判決書嗎？**已難以使其教化或再社會化。**因為這樣子而被判處死刑噢。多麼可怕的結論，比付出自己的性命還要可怕，那是一種對生命的完全否定，像個老師站在學生面前說：你已經爛到沒救了，再也沒有希望了，滾吧。如果當初我在學校遭遇這種對待，同學又在旁邊鼓掌叫好，我應該會毫不猶豫地放棄自己的生命吧。事實上，社會就是在這樣的孩子身上開了一槍。」

「很高興你撐過來了。」我說。

「因為世界上還有沒有放棄我的人。」

「但也有人因此受害。我想我們活著，也得對自己的行為負責才行。」

「是呀，所以才要更加小心地，在錯誤發生以前，仔細聆聽每一個微小的聲音。」

「在痛苦輪迴以前。」

「是的，在痛苦輪迴以前。」

「沒有人的死亡值得慶祝。」

「沒有人的死亡值得慶祝。」

在抵達終點之前，我們兩個都靜靜地坐著。

我望向捷運的窗外，心中想著，究竟我們在黑暗中奔馳多久了呢？

在那段期間，我的腦中忽然浮現阿松描述的，宜蘭那片金光閃閃的稻田。

第五章

(1)

黑蟲伏在摩托的床上，他努力捕捉朋友的殘餘氣味，卻只能感受到無止盡的孤獨。

今天早晨，弗朗茨從愛麗絲的床上醒來，發現女孩與男孩都已離去，只留下空殼般的雪白痕跡確實地壓印在那兒。他伸出敏感的觸手，輕輕撫摸著那深深的凹陷，像是一具裝有愛情的空洞容器，將心底的甜蜜餘韻蕩起，卻又發現自己再一次陷落孤獨的境地。弗朗茨將自己蜷縮起來，獨自埋伏在床鋪裡頭思想許久，空虛的心情像是毫無縫隙的帷幕將他的心思全然籠罩，令他長久無法逃脫沉重無力的情感。他失落地爬下床鋪，看見愛麗絲的房間也掛著一面鏡子，鏡子裡頭反映著一隻頹喪的黑色蟲子，消沉的背脊和低垂的觸鬚，貧乏的眼神與自己四目相對，弗朗茨良久無法相信這就是自己的模樣。

不知不覺間，他又回到摩托的公寓。

弗朗茨打開恍若無事的房門，看見收拾乾淨的居室被灑入的光芒映得發亮，到處散發著溫暖的氣息，好似平凡的日子從未離自己遠去一般。弗朗茨緩緩爬上摩托的床鋪，整隻蟲依賴在那兒，伏著身體環顧房間的四周，依稀能夠看見摩托在此認真生活的模樣——那些用心安置的器具、仔細清理的角落、有條不紊的收藏，還有一絲摩托殘留的孤獨氣味。如今那份孤獨的情感已經從房間慢慢蒸散，像被照進來的光線帶走似地，摩托的存在正被夢境之核悄然吸收，轉化成另外一種形式，再透過燦爛的光芒滲入他們的身體。「這樣子，就再也不孤單了。」弗朗茨想。生的孤獨和死的解脫，就像隔著一張薄紙，一不小心就扎破穿了過去。

只是，紙的那頭會是什麼呢？

黑蟲將自己的雙眼慢慢地閉合，心中逐漸浮現羔羊柔軟的純毛，以及那輕盈愉快的起伏。他感覺自己再一次陷入那個奇幻的空間，受到摩托的保護而不至遭受思想的折磨，平穩安適地往正當的道路前進。此刻巨蛾勇敢體貼的性格被他重新憶起——儘管在現實中遭受民族的迫害，摩托卻堅決不願沉淪，竭力挖掘自我的精神、實踐生命的價值；而那些從深深的內在醒覺的，關乎勇氣、善良、友愛的信念，摩托自始至終都堅定不移地履行著。

對故友的深深想念使得弗朗茨暗自流起眼淚。他覺得自己彷彿被遺棄在未來的道路，對未來的去向感到茫然，對自身的存在感到懷疑。摩托說過的話卻仍像在耳邊提醒：「遺留下來的事物，仔細聽會聽得見噢。」他靜靜地躺在雪白柔軟的床鋪，仔細聆聽存在身體裡頭的聲音，很久很久，很久很久……忽然，有一股細微的波動像絲線一樣從黑暗中浮現，彷彿探進幽谷的深遠光芒，卡夫卡、摩托、賈寶玉、愛麗絲的靈魂都在裡頭溫柔地顫動，伴隨著其他生命的共同意念，此刻全都親密地遊走在自己的內側。一種安定的情感使他的孤獨鬆懈下來，緊繃的心情彷彿破開一道小小的隙縫，所有熟悉的記憶就這樣竄入弗朗茨的內心，他陡然聽聞一陣源自於生命的強烈呼喚，就像動物垂死前的奮力掙扎，他發現自己尚未完全失去的欲望正發出最後的嚎喊，極欲追求生命意義的渴求突然像是熾熱的焰火一般，從深處猛烈地燃燒起來！

弗朗茨爬起身子，離開摩托的公寓來到社區的街道。

這一次，他將自己想像成一隻巨大的飛蛾，搧動著半透明的翅翼，一面思想自我的使命，一面尋找裝滿欲望的玻璃罐子。在尋找欲望的途中，弗朗茨彷彿與摩托的思想重疊一般，他重新看見巨蛾的精神與視野——經過漫漫長長的自我探索以後，他決意善用自己與生俱來的天賦，將欲望的汁液送至奧林帕斯供夢境之核燃燒使用。他想起自己曾因為核的力量而感受到的心情，如此一來，他便毫不懷疑自己正在進行有益的工作。真實的勞務逐漸取代虛幻的失落，他完完全全地沉浸在庸碌的工作之中，暫且忘記生命帶來的憂懼，暫且忘記自我追求的困頓。（儘管他已全然忘記光明所帶來的黑暗，或者說，此刻的他拒絕憶起來。）在勞動的過程中，弗朗茨彷彿再次形塑自我的模樣，重新獲得自我的價值。惟有踏實的生活才能穩定他飄搖的心思，使他不再沉溺憂傷遺憾的回憶，不再害怕空虛貧乏的侵擾。

終於，他在一間小而破朽的房屋外找到一壺裝滿欲望的玻璃罐子。

弗朗茨伸頭望向那一壺滿溢的玻璃罐子，飽滿的金色欲液仍舊散發著耀眼刺目的光芒，人們的欲求、信念、希望、絕望、善良、罪惡，全部都熱切地滾滾流動著。此刻金黃色的光輝耀映在黑蟲的雙眼，彷彿再次擾動他的心靈一般，將他的信念又再度勾引起來——是的，他感受到自己的心中仍有熱切的欲望，他仍有實現生命價值的渴求，他仍有實證自我存在的盼望。是的，他確信自己有活下去的絕對意義！

就像是摩托長久以來所做的那樣，他將玻璃罐子俐落地束口，再將它輕輕地抱起。

離去以前，弗朗茨再一次回頭看看忙碌的城市，他彷彿看見飛蛾依舊勤奮地穿梭在街道之間，努力運送著人們的欲望。弗朗茨強忍住淚水，悄悄向遠方道了一聲感謝之後，便振起翅膀往奧林帕斯的方向飛去。

(2)

弗朗茨抱著金色的欲望罐子，再一次來到奧林帕斯的山腳。

信念的島嶼依舊荒涼，黃土碎石四處散落，狂亂的烈風將一切吹得淒淒慘慘，弗朗茨獨自站在哲學的迷霧之前，看見大霧像一堵白色的高牆阻擋在面前，所有意念都隱匿在後頭，用雙眼並無法看透虛假的表象。前行的未知使他恐懼起來。這一次沒有引路的羔羊了，摩托已經被完全的黑暗捉走，再也沒有朋友的信念能夠保護自己了。這一次，他必須倚靠自我的信念攀登上山。

首先他必須對自己全然地誠實，誠實才能夠看清楚自我的欲望，以及隱匿其中的信念。「然而，我有面對信念的勇氣嗎？」他問著自己。倘若那些赤裸的信念出現在自己的面前，他是否有勇氣迎向它，抑或，相信它？毫無疑問地，那個坦白的意念將有可能帶他走出迷霧，卻也有可能使他走向另外一個地方。即使如此，他仍不會後悔走上這段未知的旅程嗎？「若不前進的話，我能夠後退嗎？」心生膽怯的弗朗茨又問著自己。退縮是可行的選項嗎？逃避是可行的選項嗎？倘若退卻的他又能夠去哪兒呢？繼續過著漫無目的的生活嗎？抑或重新找尋生活的目標呢？那會是他追尋的結果嗎？那會是他生命的終極意義嗎？

弗朗茨低頭瞧著手中捧著的欲望，看著那不斷澎湃湧動的激烈情感，他明白自己的心中也有相同的東西——這些情感一旦被人們流露出來，便有它命運上應該要去的地方——他應該將它們送至那個金黃色的湖泊，混合在共同的欲望之中，在世界之核的燃燒下傳遞給每一個作夢的人。是的，他相信每一個人的欲望都是極其珍貴的，每一個人的思想都是獨一無二的；它們絕不應該被輕易地放棄，而是應該成為夢境的能量，和所有的生命平等共享才是。弗朗茨告訴自己，他應當對這樣的情感保持尊重，他更應該迎頭面對自己的使命，將自己能夠做到的事情努力不懈地完成才是。

就是這一份使命使他終於鼓起勇氣，抱起欲望的罐子往哲學的大霧飛去。

這一次，哲學的迷霧並沒有出現擾人心神的騷動。驚濤駭浪的祈願不再出現，眩人眼目的雕塑也隱匿不見，弗朗茨孤身飛行在茫茫大霧裡頭，無風無浪的寂靜卻令他更加害怕，彷彿有什麼令人不安的事物就潛伏在某處，隨時會從思想的角落衝突出來。白色的霧氣不斷飄進他的意識又悄悄離去，面對自己若隱若現的思想，弗朗茨只能更加專注精神，小心翼翼地摸索前進的方向。他幾次聽聞森林的聲音，杉木被清風吹動的簌簌聲響，森林之神的震顫之音，全都隱約傳到他的耳中；弗朗茨也聽見神廟的動靜，荒草輕輕搖擺的沙沙之聲，三位女神細心紡織的摩娑細響，同樣穿越重重的迷霧來到他的身旁。然而弗朗茨心底知道，那些並不是他要找尋的地方，他不應該眷戀不屬於他的信念，他應該明白自己的思想，前往自己應該前往的方向。

只是我要去哪呢？我能夠去哪呢？

我重新梳整自己的信念，不時想起夢中時常陪伴的人們。摩托、賈寶玉、愛麗絲和彼得，透過他們無私的指引與生命的展演，使我逐漸認識世界的外貌與精神的內貌——摩托對民族文化的歸屬與認同，賈寶玉對理想愛情的渴盼與追求，彼得與愛麗絲對性別的跨越與交纏，種種的經驗都像是一抹一抹鮮豔的色料，將絢爛的光彩塗抹在我蒼白的心靈之上；我同樣記得三位遠道而來的天神，祂們送上的信念之湯使我嚐得人類的智慧、正義、光明、靈感、善良與美麗，那些偉大的心靈與不朽的精神，終究和自己的信念消融在一塊兒，成為我信仰的一部分；而我更沒有忘記當初在迷霧失去形體的時候，那些將我一片一片集結起來的強大意念，透過它們一次又一次的呼喊，我感受到自己的生命彷彿受到真誠的寄託一般，使我幸運脫離消亡的險境，重新獲得存在的意義。（只是我的名字是什麼，此刻好像又被迷霧遮掩而想不起來……）我回憶著生命的諸多經歷，思想著多元的價值，顧盼著燦爛的時光，我忽然感到一種熟悉的躍動，從那些光彩的信念之中，開始變化出一片一片真實的羽毛，那無疑是人們賦予給我的信念與價值，此刻正從我的內心豐沛地成長出來，幻化成一雙巨大強健的翅翼，就要帶我破除迷霧飛向更加遙遠的地方。

我搧著巨大的翅翼在大霧中飛翔，感覺渾身充滿了力量，就要朝著偉大的道路邁進。

然而迷霧的盡頭始終沒有出現。

無論我如何振翅飛行，哲學的迷霧就是沒有消散的跡象。

我開始感受到思想的沉重，那些翎毛像是不斷吸收霧氣一般，最後竟然變得沉甸無比。我逐漸感到飛行的困難，原本我以為這雙羽翼將帶自己破霧翱翔，此刻我卻漸漸察覺，儘管我擁有一雙強壯的翅翼，卻依舊對自己應該前往的方向感到迷惘。我要去哪呢？我能夠去哪呢？我仍然問著相同的問題。搧動著巨大翅翼的我開始思慮起來，我暗自懷疑那些加諸於自身的羽毛是否已將自我藏匿，令我更加看不清自己真正的意念。我詰問著自己，是否耽溺於簡單易取的信念，而放棄追尋自我的意志；是否安於他人對生命的闡釋，而捨卻探索自身的課題。正當我思索考察之際，突然一群黑影從羽翼中飛竄出來，那些隱藏在信念之中的黑暗事物，如今幻化成一道一道兇殘的追兵，就要將我捕獲蠶食。我這才明白過來，原來那些信念產生的同時，也會出現與之對反的事物——有光就有影，有善便有惡；當美好產生的瞬間，罪惡也同時被賦予意義。如今它們全部共存在我的身體裡頭，一個閃神便全部釋放出來。它們是我信念的背反，是我希望之中的絕望，是我善念之中的惡意，是我智慧之中的愚癡，是我正義之中的偏執。我一面振翅向前飛竄，一面將羽翼全力甩脫，正當它們紛紛脫離我的意念之際，我卻發現珍貴的記憶也隨之而去——我努力記住摩托的臉，摩托的臉卻漸漸模糊；我努力記住賈寶玉的臉，寶玉的臉也漸漸模糊；我更是努力記住愛麗絲的臉，愛麗絲的臉也終於消失在我的腦海裡。最後，我變得一無所有。此時迷霧更是抓緊機會將我的形體迅速褪除，我感覺到自己的肉身在迷霧中快速消散，最後只剩下微小的心靈漂流在那兒。就在這個時候，我彷彿看見自己的小小意念，像顆蒼白渺小的圓珠子一般，過往的價值像是層層的絲線將之纏繞，使脆弱的我受到思想的保護而免於世俗的刮磨；但是，迷霧此時卻像一雙抽絲剝繭的手，不斷將那層層包裹的意念一縷一縷剝除，我感到纏繞於自己的外在事物被紛紛抽離，有東西就要從思想的繭裡展現出來！我期盼著，我猜想著，也許那就是我真摯無垢的思想，也許那就是我悄然沉睡的意念。我靜靜地等待，就要看見純粹的自我嶄露出來。

然而剝盡一切以後，那裡頭卻是空的。

空的，我想，我的心中什麼都沒有。

剝除一切以後，我的心底連最卑微的信念都沒有。

曾經我如此努力地找尋生命的答案，透過情感的互動，透過生活的體驗，竭盡所能地探索生命的意義、思索自我的價值；可如今，當那些盤繞於我的價值被剝除殆盡以後，哲學的迷霧使我驀然看清楚，在褪去世俗價值的軀殼裡頭，我就是空的。原本應該存在的自我根本不存在，我的靈魂就是全然的空虛，我的生命就是無盡的荒蕪，我就是一個永恆滯留的心靈，永遠輪迴在虛無的命運之中。巨大的空虛將我完全傾覆。這趟漫長的旅程如今看起來盡是枉然，過去的執著最後盡是徒勞，不過看清生命就是一場回歸虛無的玩笑。我啞然問著自己，倘若生命終究是虛無的，我又何必執著生命的意義？我又何必執著生活的價值？孤獨已經將我完全擊倒，虛無已經將我徹底埋葬，忽然之間，邪惡的思想便趁隙扎進我赤裸的靈魂，使我感到焚燒一般的憤恨情感——什麼生命的價值！什麼生活的意義！都是虛無！都是假象！那些假意使我信任的事物，最後還不是禁不住命運的折磨！禁不起時間的考驗！永恆的真理總是背棄我們！美好的信念總是欺瞞我們！我再也不願相信任何事物了！我再也不願相信任何事物了！空泛也好，荒蕪也罷！從今以後，我要將虛無奉作生命的意義！或者說，生命的無意義！

生命的無—意—義—！

就這樣吧，就這樣吧。

…………

…………

…………

…………

可是，我真的好想要相信什麼啊……

(3)

正當我這麼想的時候，腳下突然有東西劇烈地晃動，土地像是猛烈生長的植物拔地而起，我感覺自己的靈魂被快速抬升，風聲不斷在我的耳邊呼嘯，我穿越重重的白霧，轉眼之間，光明就在我的眼前陡然乍現！我發現自己站在迷霧的頂端，看著一望無際的雲海像是溫柔的浪潮一般緩緩地湧動，就要將萬物的靈魂清洗乾淨的模樣。

「弗朗茨。」愛麗絲的聲音忽然從背後傳來。

我轉過頭去，看見他們全站在不遠的山丘上，隔著偌大的雲海與我遙遙對望——摩托、愛麗絲、彼得、賈寶玉，還有其他的人們，全站在各自的山頭，親暱地向我盼望。不知從何處湧出的心情使我哭泣起來。「不要害怕，弗朗茨。」摩托說。「不要忘記愛的心情。」寶玉說。「你就是你自己。」愛麗絲說。「我們是一體的。」彼得說。儘管隔著遙遠的山頭，他們的聲音卻仍字字句句清楚地傳到我的耳中。多麼熟悉的聲音呀。我的內心感到一陣溫暖的浸潤，熱烈的淚水不斷從身體簌簌湧出。就在這個時候，我忽然注意到他們的手中全都仔細呵護著一塊小小的碎片，無須任何的解釋，我立刻就明白那是什麼——那就是我的一部分啊。原來我們生活的時候便時常交換著彼此，我的靈魂保有他們珍貴的信念，他們的靈魂也保有我純摯的情感；我們就是彼此的生命的見證者，共同擁抱著對方的一小部分，或哭或笑地走過生命的漫漫長途。每當我遭遇生活的磨難、信念的潰敗而失去生命的方向時，總有他們將我的一部分細心地呵護著，就如同他們將自己的一部分珍重託付予我一樣，我們從來沒有荒廢彼此的生命。我看著那些閃耀的小小碎片，終於一點一點想起自我的信念，勇氣也跟著一點一點復甦過來。是的，我更願意相信生命的價值，我更願意相信生命的意義；我絕對不會忘記這些珍貴的事物，將繼續珍重地擁抱著它們，努力生活下去。

現在，我要更加誠實、勇敢地面對深沉的自己。

有隻蝴蝶忽然向我翩翩飛來，賜給我如父如母的陪伴。

「孩子，太過凝視意義是會盲目的。」我聽見莊周的聲音說。

「不如後退一步，我們再去一個地方吧。」

倏地，腳下的地面開始收縮。我往上望著朋友逐漸遠去的臉，心中滿溢溫暖地對他們笑了。是的，我知道他們不會離我遠去的，只要我願意相信，只要我時常記得，那些美好的精神就會永遠伴隨著我。很快地，我又墜入一片白茫茫的迷霧之中，意念不斷地向下墜落，途中我翻過身軀向下探望，蝴蝶的黑色翅膀不知何時已經張開成為一片極為遼闊的黑暗，我的身體就這樣直直墮入黑暗，最後被無止盡的黑暗完全包覆。黑暗中我的思緒漂漂蕩蕩，像個被風吹捧的幼小種子，我想起太虛書院的漫長階梯，以及和我一同走向源頭的所有事物，就在感覺自己即將和黑暗融為一體時，我看見遠方忽然透出一束光點，彷彿一顆瑩瑩閃閃的美麗珠子，揉合所有的精神一般厚實而溫暖地存在著。我感到自己被那個溫潤的珠玉深深地吸引，就像一顆即將落地生根的種子，朝著它緩慢飄搖而去。

忽地一陣燦爛的光芒將我全然包裹，我穿越那個明亮的事物往另外一頭輕輕落去……

當我掉落在一片青翠的草原時，濕軟的土地像是母親將我溫柔擁著，我立刻明白這裡是什麼地方。

這裡就是我的故鄉。

我躺在溫暖的草地上，思念的情緒隨著小草搖搖擺擺。暖陽曬在我乾淨的肚腹，山丘的微風輕輕吹來，將四周的樹林吹得沙沙作響。朦朦朧朧地，我感覺自己逐漸陷入土壤，慢慢地融化，終於和土地混合在一起。水和泥土在我的身體裡流動，花草生長在我的身上，昆蟲在我的內側孵化，我被一股激烈的水流沖激出去，彷彿瞬間化作地下水脈，一路聞著陰濕的泥土與礦物的氣味，流竄在深深的地底之下，地面的植物透過根鬚將我慢慢吸收，我順著樹脈往上攀爬，漸漸化作大樹的一部分，蕈菇依附在我的軀幹，鳥兒站立在我的枝椏，我望見天空離我愈來愈近，於是將肢體舒暢地伸展開來，雲霧輕輕撩過我的身軀，將我帶入飛揚的清風裡，我順勢將樹的種子攜向遠方，輕快地在天空悠然飄流，一群鳥兒自由地在四周飛翔，牠們豐厚的羽翼和我的節奏搭配得天衣無縫，忽然我就竄入鳥兒的眼睛，領著一群夥伴前往遙遠的南方，我們翻越許多山脈和峽谷，直到飛得倦了便降至森林的小溪棲息，潔淨的泉水從我的腳下漱漱掠過，當我緊縮目光搜索溪中的小魚時，忽地又變成水裡悠游的魚兒，我在粼粼波光之間四處遊蕩，看著蝦蟹與浮游生物四處游竄，發現青苔與水草生長在岩縫之間，緊接著一陣巨大的騷擾，一隻野獸將牠的小舌伸入水中，我順著冰涼的溪水淌進牠的體內，頃刻便感到渴燥的小嘴被清泉滋潤，我在河畔低著頭舔舐整理一番，隨後便邁開腳步跟著同伴返家，我們成群結隊地奔跑在茂密的山林間，腳下踏出一個又一個綠色的窟窿，忽地就被遺留在我們踐踏的足跡，滿地的枯枝落葉將我迅速掩埋，我感到許多動物與昆蟲攀竄在我的身上，細菌毫不停歇地消化我的紋理，我隨著生命的分解散入空氣之中，與諸多原生的樹木環抱在一塊兒，突地轟然一聲雷響劈打下來，一陣狂風豪雨隨之襲來，我挾在滾大的雨珠之間噗通落在林葉的身上、落在岩石的身上、落在樹蛙的身上、落在青蛇的身上、落在梅花鹿的身上、落在獼猴的身上、落在黑熊的身上、落在故鄉的土地之上，零碎的我最後在地底匯聚起來，淙淙往低窪的方向流淌而去，不知經過多久時間，轟隆隆的雷聲已經遠去，嘩喇喇的雨聲也已遠去，我彷彿重新聽見土地熱鬧的聲響，像是春天萌芽的時候，所有的生命都在忙碌準備，忽地一陣開闊，我又闖出深邃的地底，沿著渠道流入谷間的村莊，很快地灌溉到一片水田之中，我伸展軀體在翠綠的秧苗間流竄，沒多久便將它們鋪蓋環繞，我們一同在藍天底下恢復寧靜，只見微風將它們吹得輕輕搖擺，暖陽將它們曬得燦燦生輝，當傍晚的餘暉將我們柔軟包裹之際，村落的屋舍也飄出陣陣的烹飪香氣，沒有多久我們便被星空籠罩，我徜徉在水田之間，聽著蛙鳴蟲唧紛紛響起，滿天的星斗像是棉被一樣將我鋪蓋，我漸漸沉睡下來，平靜、安詳、無憂、無懼的漫長睡眠，直到黎明前的天光再次破曉，我這才拍動翅膀從稻田飛了起來，接著一陣舒適愉快的飛行，只見遠方迎來一隻雄蜻蜓，我立刻被他深深地吸引，很快地我們便糾纏在一塊兒，我們在風中愉快地歡盪，像是把彼此的靈魂互相交換一樣激盪，新的生命在我的體內勃然迸發，我在池塘產下嶄新的生命，當我脫離母親的身體落入水池之際，我看見一個充滿生機的大千世界，在千變萬化的水塘之中，我安靜地蟄伏在水塘一隅，一群蝌蚪從我身旁悠游掠過，我瞬間又變成一隻幼小的蝌蚪，努力擺著小小的尾巴，接著長出後肢，接著長出前肢，我學會蛙游、學會爬行、學會跳躍，我迫不及待地蹦出水面，在池邊歡欣鼓舞地鳴叫起來，我隨著美妙的聲響傳向遠方，跟著夏末的涼風吹進山裡，將秋天的氣息帶入森林，將枯黃的樹葉瑟瑟抖落，將收穫的訊息昭告萬物，突地我便撞進一堵山岩峭壁，在隱密的丘壑之間我傲然挺立，老樹新芽倚著我的軀幹生長，小花小草從我的隙間鑽出，忽地一陣天搖地盪將我搖晃，我感受到一股難以置信的力量將我奮力擠壓，似乎有什麼能量就要從我的身體迸裂出來，轟然一聲巨響，我的身體破碎地滾落窪谷，光明被崩落的事物層層掩覆，黑暗於是成為我漫長的盟友，我被埋伏在不被看見的深處，與身旁的事物一同靜靜醞釀，經年累月，物換星移，直到某一天，我突然感到一陣溫暖的觸碰，斧鑿的聲音將我輕輕喚醒，陽光陡然爬上我的表面，一位藝術家終於用他赤裸的雙手將我挖掘出來，用他熱情的雙眼與我深深凝視許久。我被安放在他的工作室裡，我們日日夜夜目光相對，從他的眼睛射出炙熱的靈感，我則拿自然的淬鍊與他交換，我們之間彼此流動，時而岩石，時而藝術家，時而藝術家，時而岩石，我們不分彼此，我們合而為一，我（他）日日夜夜細心觸摸他（我）美麗的身軀，他（我）將我（他）鑿刻成最偉大的藝術品。

「原來這就是我！」我淌著熱切的眼淚自睡夢中醒了過來。

我甦醒在自己的公寓裡頭，四周靜靜悄悄地，好像什麼都沒有發生過似的。然而，故鄉的風的聲音、草的味道、水的流動、樹的生長、陽光的照耀、藝術家的觸摸，好像全部沉澱在自己的身體裡頭，平靜地像個睡著的孩子一般，久久不曾散去。

我像想起什麼似地，忽然爬起身子將窗戶推開飛了出去，急切地往亞特蘭提斯的方向飛去。

如果我的直覺沒錯，那兒就是我的故鄉。

(4)

我離開公寓往東方的海洋飛去，地面的房舍像海潮一樣往後退去，人們依舊面無表情地進行勞動，我翱翔在廣闊無際的天空，感覺自己的靈魂像是清洗過後一般舒暢無比。記憶已經重新回到我的身體，它們就像故鄉的樹木一樣生長起來，被心靈的徐風吹得搖搖晃晃。我越過城市的邊界，挾有故鄉氣味的海風一陣一陣吹來，不禁將我吹進鄉愁之中，往後便是一片平靜的海洋，海上一點兒風浪都沒有，湛藍的水面就像是無暇的絲絨般將所有的事物溫柔撫平，整片海洋安安靜靜地，看起來就是個再平凡不過的晴朗日子。

然而海上並沒有島嶼。

正如太虛書院所記載的，亞特蘭提斯已被突來的海嘯吞沒，沉入無盡的海底了。

我失落地飛翔在海面上，望著眼前沉著平靜的海洋，如此寧靜美妙的自然景致，可是我的心中卻像缺少一塊重要的部分似地，感覺到無可言喻的哀傷。是的，故鄉的身影已經全部回來了，它們再次甦醒在我的記憶裡頭，像是靈魂的細根扎入生活的土壤，使我漫漫長途的生命有所依歸，不再遭受漂泊無依的情感騷擾。我多麼想再見故鄉一面，想見見那奔馳的生命、閃耀的樹蔭、翠綠的稻田、綿延的山巒、挺拔的峽谷、透澈的溪流。忽然間，一陣歌聲自海底傳了出來，也像是從我心底歌唱出來一般：

♪

親愛的故鄉，為何命運將你傾覆？
　親愛的故鄉，為何世界將你遺忘？
今晚的黑暗會到來嗎？
　明日的光明會到來嗎？

就讓我們忘記下一秒的命運，在此刻彼此擁抱吧。
　啦啦啦啦，
　　就讓我們在此刻彼此擁抱吧。

親愛的故鄉，為何命運將你傾覆？
　親愛的故鄉，為為何世界將你遺忘？
今晚的黑暗也會到來吧。
　明日的光明也會到來吧。

♪

遠來的歌聲將我重重包裹，使我像個孩子一樣大聲哭泣起來。

此刻我再也忍受不住思念的心情，俯身往海洋衝去，直到整個身體沒入汪洋之中……

(5)

從亞特蘭提斯回來以後，我生了一場大病。

在駭人的病眩和清醒之間，我零亂看見自己的房間、台北的捷運、海底的亞特蘭提斯，三個破碎的印象不斷交錯出現，哪邊是夢境和現實已經模糊，哪邊是記憶與未來也不清不楚。我在混亂的思想間承受著身體的病痛，感覺自己的肉體和靈魂不斷拉扯，有時意志過於膨脹，像要衝破皮囊一樣來到表面；有時軀體過於霸道，把思想全部推入陰暗的角落。破碎之間我不斷和自己搏鬥，拆解又重整，遠觀又凝視，有時是蟲子，有時是少年，有時是弗朗茨，有時是我。

有一天神智朦朧之際，我發現房間的地板開始滲出透明的水，一點一滴將我的居室充填灌溉，直到整個空間充滿透澈的水液。思緒恍惚的我漂浮在溫暖的水體裡頭，任憑自己的心思浮動，我感覺到一種自由自在的解脫，讓時間將自己的靈魂緩慢療養。在瑩瑩閃閃的水光之中，隱然有個身影不離不棄地陪伴著我，我透過潮水感覺到我們之間有一種深刻的羈絆，像是無法割捨地相連在一起。

我發覺那是我的父親。

「找到自己了嗎？」有天他對我問道。

「找到自己了。」

「知道要去的地方了嗎？」

「知道要去的地方了。」

「真替你感到高興，」他說，「我知道這一切並不容易。」

「剩下最後一件事情。」

「什麼事情？」

「重新去愛。」

父親對我溫柔地笑了笑，最後消失在水裡。

從那一天起，我感到潮水像是愛一樣包圍著我，將我輕輕推湧，將我深深療癒。

在漫無邊際的愛的潮水裡頭，我再一次度過一個綿長而安定的睡眠，直到混亂的夢魘終於離我遠去，溫暖的潮水才從四周悄悄消退，消失無蹤。

複之夢

第六章

(1)

身體恢復以後，我便經常前往亞特蘭提斯的海邊。

我耗費大把時間在海岸間行走。期間故鄉的氣味不斷從海面吹來，使我經常陷入遙想的思緒。我矛盾地感到心中的兩種衝突：我同時感受到自我完滿的充實，卻又帶有一絲無以名狀的缺憾。我擁有性格上的衝動，卻也有命運上的怯懦。日復一日地，我在這兩種情緒之間強烈擺盪，浪擲時光，不斷蹉跎。

這一天趁著天氣晴朗，我出發前往桃花源拜訪。

我振著翅膀飛越南方的海洋，遠遠看見美麗的島嶼從朦朧的花霧之中慢慢顯現，一如新鮮的生命般散發神秘未知的希望，仍舊溫柔地守候在那兒。漫天的桃花葉瓣從彼方被風陣陣吹來，像是迎接遠來的朋友一般輕輕撩撫我的身軀，使我不禁想起第一次和摩托前來拜訪的模樣。猶記得那時，我對自己一無所知，才從鏡子裡看見自己是一隻黑色的蟲子，才從摩托那兒得知自己的名字，剛剛知道自己的翅膀能夠飛上天空，初次見到世界的樣貌，初次聽聞欲望的嚎叫；一切都是開始，就像是雛鳥的蛋殼剛剛碎裂，探出頭的我並不清楚夢境的模樣，不記得過去的回憶，也不明白未來的長相，只是心中有點雀躍，還有一點點的徬徨。

靠近起始的島嶼時，我眺見遲暮的桃花紛紛脫離大樹的枝椏，飛向天空漫亂舞著，最後落在島嶼的土地積累在那兒。此刻我敏感的心思不禁惆悵起來——原來生命孰輕孰重不過如此——我不禁想起在桃花源邂逅的人們，如今皆已離開夢境，各個不知前往何處去了。我暗自期盼不真實的願望，希望彼此的相遇能夠重來，希望彼此的緣分能夠延長。然而書閣裡的刺繡卻在我的腦中悄悄浮現，那一幅題著桃花源的掛軸，紙上刺著新鮮的嫩芽與成熟的桃樹，彼此透過豐實的土壤相互滋養，像是要藉此提醒著我：若無昨日的養分，何來今日的成長？

我知道自己已與初來乍到時不同了。在夢境裡頭，我經歷過新生、死亡、愛情、苦痛、信念、理想、永恆、虛無，我看過生命的墜落，也迎來全新的自我。我反問著自己，當初對生命提出的疑問已經獲得解答嗎？我想，答案是還沒有的。我仍在摸索，我仍在探尋，不過我可以肯定地說，我確確實實往前邁進了一點，我不屈不撓地往想要追尋的事物靠近了一點點。我猜想，也許生命自有其節奏，尚未顯現的生命的答案，可能就在未來的某個時刻出奇不意地來到我的眼前；所以在此之前，我必須學會耐心等候，我必須對世界保持開放，我必須對生命保持謙卑，直到某個靈光乍現的時刻，我也許會驚訝地說出：「啊！原來這就是生命的意義！」

這次我嫻熟地降落在太虛書院門口。我仰頭望去，只見古老的「道德」匾額依舊凜然高掛，被來來去去的人們悉心擦亮著。我想起摩托慌亂扶正匾額的狼狽模樣，心中不禁覺得好笑，猜想現在應該有人繼承他的工作吧？

正當我分神想著，後方的樹林突然傳來細碎的腳步聲。待我轉身一看，只見一位妙齡女子打著油紙傘從遠方盈盈走近，柳眉雲鬢、朱唇皓齒，烏溜溜的眼眸和髻起的黑髮相互襯映，臉上脂粉未施卻漾著愛情的柔光，身上穿著一襲櫻紅色長裙和繡有冬梅的淡紫色背子衫，身姿靈巧地走在桃花雨之中。

「小女子杜麗娘，敢問先生為何來到太虛書院？」

「您好，我叫弗朗茨，是來找莊老夫子的。」

「這樣啊，我們一同進去吧。」杜麗娘將桃花瓣從紙傘上抖落，一陣整裝斂容後，便動身向書院裡走去。我看著杜麗娘的神情，隱約覺得她與愛麗絲有幾分相似，癡癡想了一會兒，便聽到她笑著提點，促我趕緊進到書院裡頭。

我匆匆從道德的門下走入，只見太虛書院仍與先前相同，一片樸實乾淨，寧靜之中透露著隱世的氣息，庭院中兩株古松依舊傲然挺立，像是一對守護智慧的門神。

此時左邊的松樹底下站著兩位生氣勃勃的男人，身材高大，鬍鬚滿顎，一位穿著石榴色長袍，另一位穿著藏青色長袍，雙雙透露出求知若渴的強烈欲望，神采奕奕地正在討論事情。

杜麗娘引我向兩位男士靠近，將我們彼此介紹。

「這位是但丁先生，」她先介紹紅袍的男子，接著轉向青袍的男子說：「這位是浮士德先生。」

我與兩位紳士禮貌地招呼，知道他們才剛結束例行的聚會，正在討論彼此的生活見聞。

但丁與浮士德紛紛向我敘述，他們數日前才相偕前往奧林帕斯，卻因為在山腳遇見不同的引路人，於是決定分開行動，各自依循彼此的道路攀登上山。

「我在山腳遇見引路的使者，祂的名字叫作維吉爾。」但丁首先說，「祂引領我走進哲學的迷霧，我們穿越恐懼的森林，走入地獄的山谷，看遍人間的因果，思索道德的意義。我十分感謝引路的導師，祂的正義使我看清楚墮落的代價，而不至於迷失在罪惡的煉獄之中。旅途的最後，維吉爾親手將我託付給摯愛的貝緹麗彩，我們一同追隨上帝的指引，登入天國，在那兒看見至善的光輝。」

「我的旅程則是比較艱辛的。」浮士德接著說，「我在奧林帕斯的山腳遇見了一位名叫梅菲斯特的引路精靈，祂將我引進哲學的迷霧裡頭，讓我看盡愛情、智慧、道德、權力、生死、善惡的種種幻象，在我們的旅行途中，我逐漸發現祂欲引誘我墮落的詭計，這使我必須更加堅定自己的意念，小心翼翼地做出每一個抉擇，才能心無旁鶩地往正確的道路前進。」

最後兩位都順利走出迷霧，心中獲得堅定的信念。

他們同樣好奇我是否去過奧林帕斯，我於是便將自己二度迷失在迷霧的經驗與兩位分享。此時他們興致高昂地聽著，當我敘述自己如何穿越重重迷霧看見真正的自我，最後落入故鄉的土地時，兩位紳士的好奇之心更是被強烈地勾起。

「真是太神奇了！我們應該去亞特蘭提斯看看。」

「不，亞特蘭提斯已經沉沒在海底了。」我說。

「噢，真是可惜！那也許正是我們遺忘的事物。」

兩位紳士對於命運之島的消失感到惋惜，不過轉眼便又再次約定一同前往奧林帕斯。他們說前一次是從奧林帕斯的西面攀登上山，這回經過分享後，莊周便提出建議要他們試著前往東方、北方、南方的奧林帕斯進行探索，以開闊自己的視野、驗證自己的信念。但丁與浮士德於是約定下次從奧林帕斯的東方出發，尋求不一樣的信念之道。

看著他們臉上熱切的神情，我的心中對於兩位不斷追尋智慧、探求至善的精神感到敬佩不已。

此時杜麗娘從書院正堂走回來，請我先在達觀堂稍加等候。話才說完，她便將裝束仔細整理一番，提起油紙傘和眾人告別，往桃花林匆匆走去。

我踏著碎石子步道往達觀堂走去，悄聲推開達觀堂的雙開木門，只見裡頭坐著一位身穿波斯服飾的年輕婦女，正在低頭閱讀一本厚重的書籍，旁邊的書本已經高堆成一座小山，好似要將她的身影吞沒一般。波斯女人察覺我走了進來，先是敏捷地打量一番，隨後熱情地站起身來說道：「你好，我是莎賽德。」

我也向她自我介紹，並且表明自己的來意。

女人邀請我隨意入坐，很快地又埋首在書本裡頭。我無聊地瀏覽牆上的數百座古鐘，只見古鐘群仍然安安靜靜地走動著，底下的鐘擺依舊忽快忽慢地擺盪。當我的目光緊盯著其中一個鐘擺時，我恍惚感到不由自主地被盪到另外一頭，又不知不覺被盪回原處，整個過程重複地來回，像是某種必要卻徒勞的定律一般。

「你有去過烏托邦嗎？」莎賽德忽然問道。

我像是從時間的宇宙被拉回現實，含糊地回答：「沒有。」

「真可惜。」她感到失望似地繼續閱讀。

「妳呢?」我反問。

「我嗎?我每天都去烏托邦走一趟。」莎賽德終於抬起頭來,「我來到夢境就是為了蒐集各種故事,而烏托邦就是故事最豐富的地方。」

「為什麼要蒐集故事?」

「為了活下去。」她語氣堅定地說。

根據莎賽德的描述,她在現實中是一位波斯國王的妻子,然而國王因為遭遇前妻的背叛,心中對於永恆的愛情早已絕望,轉而追求一夜的短暫歡愉。原來莎賽德不過是國王一晚的慰藉,在那一夜之後,她就要被殘忍的國王處以死刑;但是,聰明的莎賽德卻想出一個延續生命的辦法——她開始在夜晚講述精采的故事,滔滔不絕地講,讓波斯國王興味盎然地徹夜聆聽,直到白晝來臨時,莎賽德卻讓故事在高潮之處驟然停止,如此一來,好奇的國王不得不將她留至隔夜,繼續講述未完的劇情。

「不夠精采的故事,是無法復燃國王死去的心的。」她說。於是莎賽德每天都到烏托邦尋找精采的故事,愈多愈好,這樣才能滿足國王的期盼,也才能延續自己的生命。我暗自想像來自波斯的女郎,為了尋找故事而在理想的隙縫靈巧穿梭的模樣，我想，惟有勇敢的人才能在那個險惡的環境存活下來吧。

「要進入烏托邦不容易吧？」我問道。

「不容易，卻也不困難。」她說，「只要找到方法，在那種地方誰都能夠活下去。」

「我聽說裡面有各種衝突。」

「畢竟是人們的理想嘛，有衝突是應該的。但是，衝突就是故事最精采的部分。」

「不會遭遇危險嗎？」

「只有進入最危險的地方，才會發現最美好的事物。」

「原來如此。」

「怎麼樣，要不要跟我去一趟烏托邦？」莎賽德頗有興味地問道。

「不了，我想我還沒有那種膽識。而且我的心告訴我，那裡不是我要去的地方。」

「那麼你應該去的地方是哪？」

「亞特蘭提斯。」

「為什麼？」

「**為了活下去**。」

聽見我決然的回答，莎賽德先是沉默一陣子。

「我認為我們在追求一樣的事情。」她說。

「我也有相同的感覺。」

「雖然我們選擇不一樣的道路。」

「但是我們在找尋一樣的答案。」

她的臉上露出爽朗的笑容，站起身來和我熱情地握手，旋即邁開敏捷的步伐走出書院，出發前往烏托邦去了。

(2)

莎賽德才剛離開達觀堂，莊周立刻踏著健朗的步伐走了進來。

「好久不見，弗朗茨，你看起來成長了許多。」

「託您的福。」

「身體好一點了嗎?」

「已經好多了。」

莊周取來蒲團在我的對面坐了下來。

「在夢境見識到什麼?說給我聽聽吧。」老人笑吟吟地說。

我向莊周從頭訴說從桃花源出發的旅程。摩托首先帶我認識到欲望的存在，那是夢境運行的燃料，被人們從思想中萃取出來囤積在奧林帕斯山頂；在我們運送欲望的過程中，我在哲學的迷霧看見人們的信念，它們幻化成各種姿態出現在我的面前，也促使我叩問自己相信的事物；當時一度迷失在茫茫大霧的我，卻幸運被眾人的意念拯救出來，最後懷抱著獲取的信念繼續活了下去。然而，核蝕卻在當天來臨。一瞬間完全的黑暗將整個夢境吞沒，我像是作了一個漫長無際的夢一般，被黑暗吸了進去又吐了出來。等到令人懼駭的核蝕結束，原以為世界再次恢復原貌的我，卻在此時得知摩托被黑暗捉走的消息（莊周此時發出一聲極為不捨的嘆息），我的心中感到悲慟不已，沒想傷心尚未撫平，竟又目睹賈寶玉因為失去理想的愛情而消殞。奇異的是，與我一同經歷悲傷的愛麗絲，我們從寶玉的遺愛之中卻獲得一種奇妙的安慰，微妙的情感從身體裡頭悄悄萌生，並且在往後的時光日益萌發。然而我們還來不及瞭解那種情感究竟是什麼，彼得忽然從愛麗絲的噩夢中出現，將他們的一切過往坦白；最後，與過去妥協的愛麗絲，終於也在夢醒之後離我們而去。

就是在那個時候，我恍然明白過去的日子裡，自己從來都是仰賴他人的指引。我因為人們的存在才產生自我的意識，因此，當我陡然失去所有的依靠，我對於存在的意識也開始動搖。孤獨的我回到奧林帕斯，想要透過行動的複製，再一次確認自身對於存在的信念；只是就在哲學的迷霧殘酷地將包覆於我的價值剝除殆盡以後，我赤裸地面對真實的自己，卻發現我原來從未擁有相信的事物。是的，我從來沒有真正相信過什麼。看清真相時所浮現的恐懼、悲傷與憤怒，至今我仍然深刻無法忘懷。漂泊無依的我開始憎恨一切，我憎惡生命、遠離真理、埋怨命運；我否定存在的價值，否定生命的意義，我將萬物的虛無奉為生命的最終依歸，再也不願相信任何事情。幸而最後，我發覺自己仍有一絲微小的渴望——是的，就是那一絲對於生命的卑微想望，終於讓我穿透迷霧，看見深藏於內心的原始的自我。

「穿越自我之後，我回到了我的故鄉。」

「回到亞特蘭提斯？」

「您怎麼知道？」我驚訝地說。

「每個人的身上都有故鄉的氣味，而我記得那個味道。」

我感到一陣哭泣的衝動，繼續說道：「是的，我見到了故鄉。但是我也失去了它。」

「孩子，和我說說你心中的故鄉吧。」

我試著調整自己的心情，專注精神對莊周描述故鄉的景色——挺拔的山脈、深邃的河谷、蓊鬱的森林、透澈的溪流、濕熱的春夏、乾冷的秋冬、甜蜜的水果、飽滿的稻穗、繁華的都市、熱情的鄉村，所有的景色全都銘刻在我的腦中，彷彿只要閉上雙眼，我就能夠回到故鄉的土地，踩在被春陽曝得暖和的土壤，聽見蟬兒和蟲兒在夏夜鳴叫，聞到秋風挾帶的樹林的味道，嚐著驅趕冬寒的團圓圍爐。偶爾，自然災害也會降臨美麗的故鄉，大地會搖晃碎裂，狂風會無情吹打，驟雨會從天而降，暴河會淹沒村莊；只是島嶼上的人們學會與之共處，因為這是命運所教導他們的事情。

海嘯的記憶卻突然從我的腦中甦醒過來。

我憶起那是一個晴朗的午後，整片天空萬里無雲，榮格之核耀著特別熾烈的光芒，奮力將藍色的海洋映得閃閃發亮。靠近海的山岩有群雄鹿昂首眺向遠方，無數的海龜從海中爬向鄰近的防風林，城市裡的人們依舊庸碌地生活，森林中的鳥獸卻已躁動不安；忽然，海洋的四面八方發出奇異的巨大聲響，彷彿要將整座天空劈裂一般的恐怖巨響，接著是一陣劇烈的天搖地動，像要把靈魂抖出身體一般邪惡地搖晃著，島上的山河都被無情撼動，大地像張開血口一樣撕裂開來，房屋和聚落也都紛紛傾頹倒塌。過了好長一段時間，狂暴的地震才終於平息下來，驚魂未定的人們擠在道路中央，看見天空成群的飛鳥四處逃竄，發出令人不安的振翅之聲；很快地，臨海的城鎮便發出海嘯的警告，不及整理家園的人們開始匆忙移往高處，只見冒著奇異泡沫的海潮迅速往遠方退去，充滿詭異氣息的長灘就這樣裸露出來；沒有多久，便聽見亞特蘭提斯的外海傳來震耳的隆隆聲響，像是擊著鑼鼓洶湧前進的神魔的軍隊向命運的島嶼發動總攻擊一般，千軍萬馬而來。海邊的人們站在臨近的山丘上，不安的情緒就快要將他們的心思碾碎，直到那道海牆終於出現在他們的眼前，他們知道命運已經以無法阻擋的姿態向他們侵襲而來。

腦中的畫面像是被利刃突然剪斷一般，只剩下一片黑暗。淚水不斷從我的眼眶奔流而出。曾經我以為美麗的故鄉會永遠保持它的青春風采，可是一夕之間，不知從何而來的海嘯就這樣將它瞬間吞沒，所有的事物都在那一刻戛然而止，毫無預警地被凝結在時空的隙縫裡頭。在那一道海的巨牆面前，人們終於意識到真正的平等，世界已經沒有善惡、沒有貧富、沒有愚慧、沒有愛恨，我們全被拉成一道極為扁平的事物，只能靜靜等待命運的掃蕩。

恐怖的記憶將我緊緊扼住，使我好長時間都說不出話來。老人只是在一旁將我的手堅定地握住，什麼話也沒說，安安靜靜地陪伴著我，直到腦中的驚濤駭浪終於漸漸平息。

「我在海底看見亞特蘭提斯了。」我輕輕吐出話語，「那真的是一座非常美麗的島嶼，和我記憶中的故鄉一模一樣。在見到它的那一刻，我知道我有一部分已經留在那片土地裡頭了，當時的海嘯已經將我的某種東西襲捲帶走，和故鄉一同淹沒在深深的海底。我感到非常非常地悲傷，好幾次想要留在海底的亞特蘭提斯，再也不要回到這個世界，可是這時候故鄉總會唱歌給我聽，它會一直唱著我們記憶中熟悉的曲子，令我無止盡的思念能夠稍稍舒緩，再次擁有回到海面的勇氣。」

「有時候我會想，那沉沒在海底的，究竟是記憶的顯像，還是我真正的故鄉呢？」

「擁有記憶的地方，就是真正的故鄉。」老人說。

「是，我想是的。」

「那麼接下來呢？」他問。

「愛，」我想起父親說的話，「父親告訴我，重新去愛。」

「你一定可以的。」老人對我笑了笑。

「再讓我跟你說個故事吧。」莊周說。

#

「有一個名叫小梅的女孩，自小成長在純樸的農村，一直跟著父母過著勤快的務農生活。

某天，同年齡的孩子們開始謠傳一個流言，說是不遠的森林中有一株大樹，裡頭藏著能夠看見自己的神祕事物。在這個沒有鏡子的村莊，孩子們從來沒有見過自己的模樣，他們從來只能透過別人的描述，隱隱約約知道自己生得什麼模樣。因此，這個傳言十足地激起孩子們的好奇心。

有一天，小梅悄悄地在半夜溜進森林，四處尋找傳說中的大樹。她在可怕的暗夜中睜著大眼睛尋找，終於在森林的深處看見那株大樹。『我是誰？我是誰？』她走到大樹面前，對著大樹說出謠傳的咒語，忽然，巨大的樹從中間開出一條裂縫，裡頭出現一張巨大的鏡子，在明亮的月光之下站著一位清秀的少女，同樣驚訝地望著自己。『那就是我嗎？』小梅心裡想。她看著這個女孩，火紅色的頭髮，大地色的肌膚，有點扁塌的鼻子，有點張揚的大耳，眼睛像肉丸子一樣圓滾滾地，並不是大家稱讚的那種鵝毛細眼。她對自己的外貌感到癡迷，她深刻地想要進一步瞭解自己，於是每一個晚上，小梅都偷偷溜進黑暗的森林，對著樹洞裡的鏡子不斷地照映。她撥弄頭髮，觸摸臉頰，噘起嘴唇，細看眼紋。為了看清楚自己，她把身上的衣服褪去。她舉起因務農而結實的手臂，看見自己初生毛髮的腋窩，順著那小小的凹槽，連接著微微隆起的肉色乳房，以及前方凸起的一對粉嫩的乳首。她擺弄自己的健腰，旋著身子透過各種角度觀看自己的臀部、大腿、小腿、腳掌、指頭。她也想看看雙腿之間的那道隙縫，她將兩腳張開成利於觀看的角度，輕輕地撥開外層的皮肉，像是平時研究昆蟲一樣研究著肉體的縫。在觀看與撫弄的過程中，她忽然感到一種神祕的愉悅；她變得沉迷，每一天都來到大樹的面前，仔細地研究自己的身體，最後甚至撲進樹洞和自己熱烈地親吻，直到天亮為止。

這一天，小梅又在鏡子前面仔細研究自己的模樣。忽然，她在自己的背後發現一顆黑色的痣，就像剛剛爬上身體的黑蟲一樣，突然出現在左邊的肩胛骨附近。起初小梅只覺得黑痣有點騷擾，可是不知為何地，從那天起她便時常記得那個長在背上的黑點。她每天都來到大樹面前，擺出各種怪異的姿勢，為的就是將那個黑痣看得清楚。她盯著黑痣就像凝視一種時空的洞穴一樣，總覺得某種邪惡就要從那個黑色的洞逃竄出來。她愈是在意那個黑點，就愈是覺得黑點在她的腦中無限地擴張。最後，她甚至可以看見黑痣在鏡子裡愈長愈大，幾乎就要吞噬她的背部。

從此以後，小梅每一天都將自己的衣服穿得謹慎，小心不要讓醜陋的黑點曝露在別人的眼前。她甚至產生一種異樣的感覺，總覺得自己和別人不一樣，就因為她的背上長著一顆醜陋的黑痣。『我是誰?我是誰?』這天小梅又來到森林，在大樹的前面唸著咒語。當自己的身影出現在鏡子前時，她著實嚇了一大跳，因為黑痣幾乎要越過背部長到前胸來了。小梅驚恐地尖叫一聲，馬上拿起石頭砸向鏡子，頭也不回地往家裡奔去。

從此以後，小梅就再也沒有看過鏡子出現在樹洞。

失去鏡子的小梅逐漸陷入瘋狂的焦慮。她開始在村子裡逢人就問，她要每一個人形容自己的模樣，她的眼睛、她的鼻子、她的額頭、她的嘴巴；可是她很快地發現，每一個人的描繪都與她在鏡子裡頭看到的不一樣。她甚至開始懷疑起來，過去反映在鏡子的究竟是不是自己？她還是每天跑到森林，每天唸著咒語，甚至發瘋地扒起樹皮；可是，她再沒有看到鏡子的出現。瘋狂的小梅終於在家中暈厥過去，她睡了好久好久，好久好久，好像作了一個非常漫長的夢。隱隱約約之間，她想起自己背上的那顆黑痣，那個既邪惡又醜陋的黑點，就像蟲子一樣爬在自己的身後。

小梅醒來的時候，母親正在替她擦著背。

『媽媽，我的背上有什麼嗎？』小梅恍惚地問道。

『沒有什麼東西呀。』媽媽說。

『……』

但是小梅感覺到母親在自己的背上剔除某種東西，只是她還來不及看見母親除去的事物，便又昏昏沉沉地睡去。

醒來之後，小梅的病已經好了。奇怪的是她已經忘了鏡子，也忘了森林。

從此以後，小梅又重新回到純樸的生活，再也沒有興起看見自己的念頭了。」

#

說完故事的莊周，再一次變作一隻黑色的蝴蝶，搧著一雙大翅膀朝達觀堂外翩翩飛去。

我跟隨蝴蝶來到室外，看見夕暮已將夢境染上奇異的色彩，早晨的精神已經沉澱下來，近晚開始收獲一天的成果。我望向書院中央的源堂，想起通往世界源頭的神祕長廊，還有那扇純粹的黑門，以及隱藏在黑門之後的世界的源頭。一切使我不禁感慨起來，總覺得所有的人們都像是長河中的一滴涓流，舊時的朋友與新識的人們，每一個生命都像獨一無二的芽苗，不斷努力吸收生活的養分，在時空的宇宙中開花結果，奮力成為獨一無二的存在。

而我又該如何在這短暫的時光學習愛呢？

「我好想家啊。」我對身旁的莊周說。

「那麼，這也許是我們最後一次見面了吧。」蝴蝶說道。

我們一併來到書院的門口，我遠遠看見桃花源的村民都在愉快地歸巢，臉上全是疲倦而滿足的神情，使人興起一種知足惜福的情感。然而我卻忽然想起村人的命運——對於桃花源的村民而言，今天的結束便是永恆的結束，明天的開始又是全新的開始。煩惱留在今天，悲傷留在今天，喜樂、感動、恐懼、悔恨，全都留在今天。

「留在這兒好像也不錯。」我不禁脫口而出。

「桃花源是留給沒有眷戀之人的。」

「那麼，愛是眷戀嗎？」我問。

「當愛來的時候，你就會知道了。」

我和莊周珍重告別以後，便張開翅膀往天空飛去。只見底下的書院愈來愈小，愈來愈小，最後像一顆小小的眼珠子埋在桃花林中。沒有多久時間，桃花源便開始緩慢地下沉，整座島嶼像是被大海溫柔吞嚥一般，最後終於消失在寧靜的海面。

於是，今天就這樣結束了。

而明天會是什麼樣子呢？

那是誰也不能預先知曉的。

第七章

(1)

那天以後，我在亞特蘭提斯的一間海邊小屋暫居下來。

那是一間狹窄簡陋的木造矮房，看起來已經棄置許久，儘管屋子的外觀破舊不堪，但是內裡的傢俱一應俱全。海邊小屋的門口正面對著湛藍的海洋，每一天都有海潮的聲響唰唰地傳來，就像是日復一日對我歌唱一般，使我的心靈也終日浸淫在故鄉的回憶裡頭。

此時我的藝術之心也隨著記憶甦醒過來，我像是再次成為島嶼的藝術家，心中時常發生創作的欲望。我感受到自己的內部有許多的靈感不斷流動，除了自身的記憶之外，更有一種寬闊的集體意念，與我的思想混合在一塊兒，然後以藝術的形式展現出來。我留意到亞特蘭提斯的海岸有各種物件漂流而至，那似乎是故鄉遺留的事物，於是我將它們逐一拾起，製作成獨一無二的藝術作品。此時充滿藝術激情的我，彷彿將自己的身體化作藝術的介質，將潛在的情感陸續摸索出來，再透過自己的雙手落實在夢境之中。我深感肉體不過是一具流通的管道，那些深藏於某處的神思異想，僅僅是選擇透過我的軀體向世界表達出來而已。藝術的創作使我感受到前所未有的踏實——我開始洞察自己的思想、鍛鍊自己的本事；我對世界有表達的渴望，而藝術就是最好的語言。

有時候我什麼事情也不做，只是專心地盯著自己的作品。當我面對它們的時候，簡直就像是直視著赤裸的自己——它們無疑是我心靈的延伸，是我思想的展現；我的靈魂誠實地袒露在世界的面前，沒有一絲的虛假，沒有一絲的謊辯。只不過，自我的缺陷卻也赤裸裸地暴露出來。從為數眾多的藝術作品望去，不難發現它們全都擁有相同的缺失，那實是我耗費心力始終無法突破的阻礙。是的，我是知道的，每當我全心全意投入藝術的創作時，總在某個時刻陷入巨大的渾沌——自我的靈感會在某個地方停滯不前，就像是樹木的根脈被從中阻截一般，我的情感總會在某處遭遇困險而消失無蹤。我並不明白有什麼東西從我的心底遺失了，只是當它以藝術品的姿態出現在夢境時，顯然以一種無法完善的缺陷展露出來。每一天我都透過藝術作品面對自己的殘缺，而我心急地想要找出解決的辦法時，卻遭遇一次又一次的失敗，最後終於使我身心俱疲、沮喪不已……

原來最使我快樂的，卻也折磨我最深。

在日復一日的擺盪之中，我知道自己已經深深陷入藝術裡頭，再也無法自拔。

(2)

這一天晚上，我躺在床上想著愛的事情，輾轉不能入眠。

「重新去愛。」父親曾經在溫暖的水中對我這樣說。可是愛是什麼？從來就沒有人教導過我。只是當父親提到愛的時候，我卻產生一種模糊曖昧的憧憬。我又從源頭想起，最初對我明確提出愛的，是賈寶玉談及他與林黛玉的情感，那種心靈與心靈、肉體與肉體之間的纏綿與親密，被少年神聖地稱作是「愛」。然而，我卻也同時感覺到，摩托與奶奶之間的情感，愛麗絲與彼得之間的情感，甚至莊周對我們的悉心指引，或許都可以稱作是「愛」。愛竟是這麼模糊的概念，使我甚至可以感覺得到，當我睜開眼睛看見世界的一瞬間，有一種深沉的愛就已經從某處甦醒過來。每當我思及這種情感的時候，心中那股溫柔細膩的感受，就像是世界的源頭從門的隙縫將我溫暖照耀一般。

左思右想，實在難以入眠，我決定起身前往海邊散心。

我來到亞特蘭提斯的海岸，微弱的光線投射在海面，發出粼粼的訊號。浪潮的聲響在近處響起，海風的氣味從遠方飄來。我一面走著，一面想著愛的事情。

啪唰，啪唰，啪唰——

啪唰，啪唰，啪唰——

啪唰，啪唰，啪唰——

恍惚之間，我又想起在愛麗絲的城堡作的夢。

正當準備返家時，我忽然在屋子前看見一個熟悉的身影。

「愛麗絲！」我聽見自己嘶啞的聲音叫喊出來。

只見女孩轉過頭，露出興奮的表情。

「弗朗茨！」她跑向我，給我一個極溫暖的擁抱。我們再次相擁在一起。貼著她嬌小的身軀，我感受到溫熱的情感與熟悉的氣味，將我心中深埋的種子重新拉拔起來。

「我很想妳！」我在她的耳畔輕輕地說。

「我也是。」她將我擁抱得更緊了。

「那天醒來後就沒有見到妳和彼得，我以為你們……」

「那天我們去了高塔的書房。」

「去高塔做什麼？」

「去看了清晨的烏托邦，還有彼此的心。」

我邀請她進到海邊的小屋，在簡陋的房舍裡為她整理出舒適的位置。

「原來你搬到這裡了。直到我今天去拜訪莊周，他才透露你的消息。」

「妳和彼得都好嗎？」

「我們很好，非常好。那天我們敞開心胸談了許多事情，像是小時候一起躲進寢具砌成的城堡，我們躲藏在高塔訴說彼此的心事。真的好久沒有如此親暱的感受。那時候我才知道，原來彼得和我一樣承受著青春的創痛，一如我奮力走過的慘澹日子。只是最使人傷心的，是我們竟再也不願瞭解彼此……」

「我想彼得一定原諒妳了。」我說。

「是的，溫柔的彼得早就原諒我了。」

「那妳呢？」

「我？」

「妳原諒自己了嗎？」

「我想還沒有……」愛麗絲紅了眼眶，「我並沒有原諒我自己。」

被罪惡騷擾的愛麗絲忽然掉下眼淚，她用雙手將哭泣的臉龐遮掩，淚水從指縫不斷流瀉出來。我將她擁入懷裡。暫時都會這個樣子吧，我想，可是沒有關係的，一個人傷心地哭泣是沒有關係的。我知道彼得一直都會存在她的身體裡，從今往後，兩個人一起面對這個世界，一定會比獨自一人更有勇氣吧？

「那個清晨的烏托邦真的好美呢。」她像看見晨曦一般抬起頭來，「你知道嗎，因為彼得的關係，我開始對烏托邦有了不一樣的想法。那天我和彼得在高塔上互相依偎著，直直望向烏托邦那片閃閃發亮的海洋，當我們彼此敞開心房，誠實地傾訴各自的心靈時，我感覺到我們之間美好的部分開始親密地揉合，慢慢地，慢慢地，變成一個更加溫柔、更加全面的想望。那個時候，我忽然相信起來，我相信未來一定有一個對我們都寬容的美好所在。我想，也許人們擁有自我的理想並沒有錯，理想的本身無疑是單純的、是美好的，問題在於我們將它單獨送到烏托邦進行實踐。是的，過去在烏托邦落實的，畢竟是過於個體性的理想，而那樣的理想並不互相溝通，它們甚至會排斥彼此，犧牲他人的信念以完成自我的理想。所以我認為，當人們在面對自己的理想時，必須時時刻刻將他人放在心上，必須將所有的生命都放在心上，然後去理解、去溝通、去體諒、去包容，如此一來，理想的實踐才會具有意義。」

愛麗絲像是喃喃自語一般，將思考許久的信念訴說出來。我欣喜地看著眼前的女孩，她毫不畏懼地審慎自我的思想，用智慧試圖跨越侷限的視野，翻越重重的阻礙，終於在生命的彼端看見另外一番風景。

「妳不一樣了。」我快樂地說。

「你也是，」她張著明亮的雙眸回望著我，「知道自己是誰了嗎？」

這一次無須透過她的眼睛，我便能清楚地說出答案。

「知道自己是誰了。」我笑著說。

「嗯，我一眼就看出來了噢。」她也笑了。

「聽說你在這裡進行創作？」她繼續問道。

「嗯。」

「帶我去看看好嗎？」

我點點頭。

我在屋裡點燃一根火炬，領著愛麗絲向擺放藝術品的廣場走去。當我們來到漆黑的廣場，愛麗絲卻向我要了火炬，獨自一人接近我的作品。只見愛麗絲將熱烈的火炬高高舉起，將我的作品一個一個從黑暗中照亮，有如赤裸的心靈被明亮地顯示一般，我看見自己的藝術創作在她的照耀之下發出閃耀的光芒。

她非常有耐心地將每一個作品欣賞，毫不敷衍地仔細觀看，看著看著，卻兀自哭泣起來。「好美啊！」愛麗絲將火炬舉到我們之間，炙熱的火光瞬間將我們的臉龐照耀，「可是，你一定很寂寞吧……」聽見她的話語，我也終於忍不住流下眼淚。

我將愛麗絲擁入懷中，火炬被我們拋到地上陡然熄滅，在黑暗之中，我們靜靜擁抱彼此。忽然間，我似乎聽見海潮的聲音從某處揚起，一種近似於愛的情感從她的身體流動起來，緩緩地越過她的身軀來到我的身體，又從我的身體溢入夢中。啊！多麼神秘的時刻。在此之前我從未感到如此安定，彷彿隱蔽在黑暗中的事物終於被火光照亮，變成白茫茫的一片天地。

「我懷孕了。」愛麗絲突然向我表白。

我驚訝地望向她，發現她的臉上是前所未有的幸福笑容。

「真是令人高興的消息！」我興奮地說。

「那天為了尋找失蹤的你，我一路找到大觀園去，不知不覺便走到寶玉哥哥消失的湖心亭。當時裡頭仍擺著兩副空蕩蕩的花棺，四處靜靜悄悄的，一點兒都沒有你的蹤影。我於是懶懶地坐在花棺上，埋頭思考應該如何找到你。就在這時，我忽然看見湖中長著一朵金色的荷花，含苞待放地發著閃亮的光芒，不知為何地，我感覺到那個生命正在呼喚著我，好像命運早已將它安排進入我的生命似地，使我必須要遇見它。於是我起身攀上涼亭的欄杆，伸長手臂去觸摸那個等待綻放的生命。就在我觸碰到它的那一瞬間，有個東西便順著指尖竄進我的身體，我感到一陣靈光似的巨大感動，肚腹隨即產生一陣溫暖的騷擾，沒過多久便沉澱下來。幾天以後，我便確定自己懷上孩子了。」

「那是**我們**的孩子？」

「是**我們**的孩子。」

「妳一定要好好照顧，自己和孩子都是。」

愛麗絲用手掌撫著自己的肚腹，仔細感受幼小的生命在她的體內成長。

我也將耳朵輕輕湊近，就在這個時候，我彷彿再次聽見海潮的聲音，慢慢地靠近，慢慢地靠近，很快就要將我們的生命洗刷起來。

「Wawa。」我脫口而出。

「Wawa？」

「孩子的名字。」

「嗯，」她又快樂地笑了起來，「就叫 Wawa 吧！」

(3)

愛麗絲也想搬來海邊的小屋。她說一個人住在城堡實在可怕，常常作噩夢，還是待在一起彼此照應好。

由於小屋簡陋，我們只好在附近的森林中尋得一間較大的廢棄房舍，協力將它清潔整理一番——房屋被我們用新的木材補強，傢俱也用新的竹子劈砍製作；為了愛麗絲的健康，我也從城堡運來寢具和衣物，打造一個舒適的養育環境。愛麗絲見狀，笑著說她的身體強健，倒是非常需要書的陪伴。於是我們又隔出她的私人書房，並將高塔的書籍一一運送過來。在我們悉心的照護下，森林的小屋逐漸恢復生氣，鮮花綠草生長起來，蝴蝶蜂鳥循香而至，想到這是我與愛麗絲共同經營的成果，我的心中便感覺溫暖無比。

除了照顧懷孕的愛麗絲，我也每天整理庭院，閒來無事便去奧林帕斯運送欲望，或是前往亞特蘭提斯看看故鄉的海洋。有時我也去桃花源拜訪莊周，與他談論玄理之事，修習萬物的道理。朋友們也時常來訪。杜麗娘最常來與愛麗絲作伴，她特別喜愛我們的庭院，還認領了一處將心儀的花草栽種起來；莎賽德則總是出奇不意地出現，每次都帶來前所未見的寶物，還有那些聽也聽不完的精采故事；但丁和浮士德則一如往昔，三不五時便相約前往奧林帕斯求道——總是出雙入對的兩人有時才踏進屋子便爭執不休，下一秒卻又惺惺相惜起來，真是令人看不明白。

日子漸漸穩定，愛麗絲再次埋首知識的研究，而我則重新投入藝術的懷抱。

我重新運用各種素材進行藝術的創作。我試著鑿刻木石、編織竹籐、構思園藝、描繪彩墨；在創作的期間，我重新體會到自然的快樂，尤其透過天然媒材的觸摸，我特別能夠感受到一種跨越時空的能量，與自己的意念激盪出一種嶄新的創意。很多時候，我是想著愛的。我想著即將到來的生命，我想著永不逝去的靈魂，我想著燦爛的世界，我想著美麗的故鄉，我想著核的無私，我想著海的包容，我想著天空的顏色，我想著土地的氣味，我想著親人的陪伴，我想著朋友的笑容，我想著甜蜜的理想，我想著勤快的生活。無所不在的愛使我感到充實，滿溢的情感透過我的雙手化作夢境的藝術，一個一個變成愛的實品。可是，我卻仍然感到某種精神上的困乏。究竟是什麼呢，我不斷想著。從我心中阻斷消失的事物究竟是什麼？我耗費許多力氣想要找出一絲線索，卻無論如何沒有方向。我不斷嘗試新的藝術題材，在各種材料之間來回探尋，自我的辯問從不間斷，思想的整頓也毫不懈怠。只是不知為何地，那個匱乏的事物從不讓我輕易靠近，簡直像是隱匿在思想的皺褶深處一般，令我在思考時不知不覺繞道而行。更使人憂懼的是，我甚至能夠感受到它正在悄悄地成長，就像是擁有某種要將我吞噬的可怕野心一般，渾噩的我並無力阻止它的擴散，只能小心翼翼地向前邁進。

漸漸地，那種愁苦煩悶的心情又開始縈繞我的心頭。

(4)

這一天早晨，我離開住處來到亞特蘭提斯的海邊。

我一面思索著藝術的靈感，一面沿著海岸走著。正當我從深沉的思考中抬起頭來，我忽然看見故鄉的海洋被核的光芒照得粼粼發光，鄉愁的滋味忽然就像是潮水一般從深處滔湧起來。我禁不住縱身躍入海洋，一瞬間，海水像是無數個記憶的分子緊湊地附上我的身軀，將我像一個新鮮的嬰孩完整地包覆在裡頭。在這裡，我清楚記得海水的流動，記得海風的吹拂，記得海浪的波濤，記得豔陽的溫度，就像過去在故鄉的海水嬉玩那樣，快樂的我游泳起來毫不費力，獨自在大海裡頭輕鬆徜徉。

此時我回想起故鄉的景色。我想起故鄉綿延不絕的青色山巒，一丘一丘像波浪一樣起伏不盡，由一株又一株健壯的樹木集結而成，每株都是千百年的歷史記載，經歷過多少風雨吹搖，經歷過多少地殼動盪；在那群群大樹底下，有些微小的生命醞釀而生，他們也許不若大樹長壽，卻也在短促的生命中見過故鄉的景色，看過天空，曬過暖陽，淋過細雨，擁過大地；而在地面的矮原之中，也有許多渺小的生物正在大口呼吸，與千萬年的生命共享相同的養分，毫不懈怠地努力活著。我也想起環抱故鄉的美麗海洋。從故鄉的海岸看去，那是一整片遼闊無際的藍色海洋，無風時整面汪洋如明鏡一般平靜又深沉，底下孕育著豐富多元的海洋生物，打從出生到死亡都依賴著這片寬容的水域；當風起的時候，海浪一波一波向島嶼襲湧而來，奮力在岸邊擊打出白色的浪花。偶爾島嶼也會開出一道裂縫，而海洋就這樣長驅伸入島中，像條柔軟的緞帶蜿蜒在稻田之間，流過村莊，漫過水田，切過山谷，奔過森林，一路攀到高高的山頂上去。島嶼的生物都非常喜歡溪流，黃鶯白鷺會飛來河邊憩息，山羌黑熊會走來水畔飲用，人類更是喜歡群聚在流域周遭，汲取珍貴的水源滋養自身，令文明能夠在自然的灌溉下生生不息。

我躺在海面思索著「命運」的事情。記得莊周曾經說過，亞特蘭提斯是命運的島嶼，所有的事物皆會依循命運的規則流動。那麼，「命運」究竟是什麼？是自然的天運嗎？是萬物的道理嗎？倘若命運是一張寫好的答案紙，那麼我們擁有能夠改變的意志嗎？倘若命運操之在己，那我們又該如何決定自己的生命呢？然而島嶼的沉沒又代表著什麼？是自然的消長嗎？還是命運的終結呢？

突然間，一陣暈眩猛烈襲來。躺在海上的我感覺自己的身體開始向內凹陷，就像是一座時間的山脈逐漸陷落，最後變成一道巨大無比的黑色裂痕。只見裂痕的兩側不斷有海水傾瀉而下，毫不間歇地灌入漆黑的溝槽裡頭。而我並不清楚永無止盡的海水從哪裡來，也不清楚永無止盡的海水要往哪裡去，那一道無底的裂痕只是無聲無息地將巨量的海水不斷吞沒，不斷吞沒，不斷吞沒……

我感到自己溜進一個漆黑神秘的洞穴。

我彷彿觸到濕滑的石塊，觸手可及都是冰涼的礁石，四周盡是一片黑暗，什麼事物都看不見。似乎有東西正在呼喚著我。我小心翼翼地踩著石塊前進，不知爬行多久的時間，突然，四周的岩壁開始浮現一個一個神祕的圖騰，在黑暗中發出小小的亮光。我忍不住停下腳步，好奇地伸手觸碰，隱約感覺圖騰像是遠古留下來的訊息，經歷長久的時間洗練，源源不絕地散發出生命的震顫。我一面欣賞遠古的圖騰，一面向前繼續走去，終於在黑暗的盡頭看見一道光束灑落，劃出一圈小小的光的廣場。我懷抱著希望往光明緩慢爬行，就在煦亮的廣場中央，我忽然看見一尊雕製精美的佛像，約莫只有人的半身大小，五官細緻，目光明朗，神態從容，氣質莊重，殊異的紋路像是流水一樣浮在上頭，將佛像襯得既柔軟又靈活。我不禁伸手碰觸聖潔的佛像，一股清透的靈氣從我的指尖傳遞過來，似是許多跨越時空的事物被包容在其中，細膩而幽微地流轉在大千世界裡頭。我近乎癡迷地感受著佛像的每一吋肌膚、每一吋隱喻、每一吋精神，那一瞬間，我感覺到自己的創作欲望被熱烈地激起！

我想要創造！我想要雕塑！

我想要將靈魂的真善美投入藝術，使得純粹的精神永存其中！

待我清醒的時候，我發現自己已經被沖回岸上，不斷被故鄉的海水沖刷拍打著。

(5)

回到海邊的小屋，我決意以佛像為原型，開始進行藝術的創作。

首先我將紙張攤在桌面，一面追憶佛像的神思，一面將草圖繪畫下來。在繪畫的過程中，過往的記憶也一點一點浮現腦中。佛的顱、佛的顏、佛的頸、佛的肩。我想起自己在太虛書院提出的疑問，關於生活的價值，關於生命的意義；我想起在迷霧中出現的信念，關於存在，關於虛無。佛的手臂、佛的指掌、佛的胸膛、佛的腰腹。我想起美麗的故鄉，我想起突襲的海嘯；我想起疊加的、憑空的、浮沉的、消失的島嶼。佛的臀、佛的腿、佛的脛、佛的足。我想起層層保護的經驗，我想起片片遮掩的價值；我想起愛與藝術，自我的成長和轉變。佛的衣衫輕輕遮掩，像是將真相適當地隱瞞，而後是，佛的面容。我看著那張空洞的臉，心中什麼想法也沒有。我不斷思索佛的臉龐，卻遲遲找不出適合的方法將它描繪出來。最後，我終於決定將佛的面容暫時擱置，在雕塑的期間也許會有更適合的靈感出現也不一定。

接著我開始蒐集泥塑的材料。我潛入亞特蘭提斯的海洋，在海洋的底部看見淤積的泥沙，於是我將故鄉的沉積物四處蒐羅，運回海邊的工作室備用。我將海底的泥沙曝曬在廣場，接著將乾燥的泥土仔細過篩，最後留下較為細緻的沙土。我將一部分的沙土加入清水，混合麥稈不斷搓揉，捏製成泥塑的粗土；而另一部分的沙土則混合棉花和清水，揉製成泥塑的細土。備完泥料以後，我又出發到臨近的樹林劈砍木材，準備作為泥塑的骨架使用。等到一切工具和材料備齊，我便開始著手佛像的製作。

我將乾燥的木材仔細削製成佛像的骨架，底盤、脊骨、手臂、頭蓋，我將它們謹慎地接合在一起，並且用麻繩綑綁纏繞，直到佛的骨架穩固為止。我的心中浮現熟悉的場域，那是小學的午後，星期三學校只有半天的課程，我們匆匆忙忙跑回家吃午飯，吃飽後便相約在北投公園見面。我們爬上公園的山坡，在巷口買了兩罐冷飲，便悠悠哉哉地走進地獄谷的入口。我拿出準備好的粗土，加點清水濕潤，一塊一塊鋪上佛的骨架，再將它們緊密地壓實。第一層粗土是幫助泥塑擁有扎實的基底，因此我將每一部分都細心檢查，以防止鬆懈的縫隙出現，並確認泥土並不會因乾燥或潮濕而崩落。九月的陽光溫暖地曬在我們身上，在翠綠的樹林間折射出千變萬化的光影，硫磺的氣味從遠方一陣一陣傳來，我們一路沿著散著熱氣的溪流向前走去，一面流著汗水，一面喝著冰涼的飲料。才一個轉彎，我們便看見溪流的源頭。第一層粗土乾燥得差不多後，我便開始準備抹上第二層粗土。第二層粗土要對佛的身形有更加清楚的拿捏，包括頭部、軀幹、四肢、底座等等，我依序從頂端到底部，一段一段將佛的形象捏塑出來，待第二層的粗土覆蓋完畢，佛的基本身形已經有個大概，甚至隱約能夠感受得出佛的精神，就等泥土乾燥到一定的程度，便可抹上細土製作更細節的雕塑。溪流的源頭便是被人們稱作「地獄谷」的地熱池，只見群群的小山丘環抱著碧綠色的青磺溫泉，泉面不斷發出蒸蒸的霧氣，隨著夏天的風緩慢飄浮。我們在不遠的溪邊揀了一顆石頭坐下，一面享受午後的陽光，一面聊著夏日的趣聞。那年夏天，我們兩個整天都膩在一起玩耍，我們去游泳、騎腳踏車、玩電動、打籃球，那真是我過得最開心的暑假之一。可是開學以後，我卻發現我們已經被分到不同的班級。我將事前準備好的細土取出，一面將細土濕潤，一面將它鋪上泥像，用雕刀雕塑出佛的每一個細節。我先是從佛的頸部向下雕塑，脖頸、肩膀、胸膛，佛的衣衫被我設計成飄逸的質感，皺褶的細節處理特別重要；接著是佛的臂膀，穠纖適宜、舉重若輕的雙臂，接連著從容優雅、廣被福澤的肉掌與指節；再來是端正盤坐的雙腿，一雙彷彿踏遍穢土的厚實的雙足，靜靜悄悄、扎扎實實地盤在股間。

「你會記得我嗎？」我問道。他並沒有回答，只是拍拍屁股站了起來。「你有帶來嗎？」他回頭問我。我不解。他從口袋拿出兩顆白色的雞蛋，對我嘻嘻笑了起來。我們一同往蒸騰的溪流走去，只不過石頭濕滑、水溫漸高，我不願靠近而站在遠處觀望。他獨自拿著一對雞蛋往地獄谷走近，忽地一陣大風吹來，充滿硫磺氣味的霧氣將我們瞬間阻絕，我慌張地叫著他的名字，可是卻遲遲沒有得到回應。我看著佛的臉龐，試著想像佛的面容。我一面將細土小心黏貼，一面雕刻出佛的耳、佛的鼻、佛的眼、佛的眉、佛的唇。等到大霧散去以後，我看見他癡癡地站在原地，動也不能動地。我趕緊走到他的身邊，只見他緊緊握著兩顆雞蛋，開口對我說的第一句話是：「…………」

我看著初完成的佛像，心中並不感到滿意。

於是，我又開始著手第二尊佛像的製作。

我將木材削成佛的骨架，並用麻繩綑綁，直到骨架穩固為止。我再次想起一樣的場域，小學的午後，星期三學校只有半天的課程，我和建志匆匆跑回家吃完午飯後，又打電話約定在北投公園的門口見面。夏日的暑氣尚未消散，我們各自換上輕便的衣物，在公園的入口見面後，便往山坡上爬去。一路上我們打打鬧鬧，經過新開幕的露天溫泉池，還有日式古蹟改建的溫泉博物館，很快地便來到「地獄谷」的大門。我們在巷子口向雜貨店的孫爺爺買了飲料，還另外抽了兩張卡片，沒想到建志竟然抽中一張稀有的貼紙，他開心地和孫爺爺換了獎品，我們又嘻嘻哈哈地往地獄谷走去。我將粗土用水濕潤，再次將它們鋪上佛的骨架，並且緊密地壓實。等到第一層的粗土鋪設完畢，我又仔細檢查一番，確認泥土之間並沒有多餘的縫隙，才開始進行第二層粗土的鋪黏。九月的陽光依然炙熱，透過稀疏的樹葉照在我們身上，在地上畫出千變萬化的光影，蟬群仍在樹梢上大聲鳴叫，鳥兒也在林葉間啾啾唧唧，就像是夏天的歡快記憶一樣縈繞在我們的四周。我們一面追趕地上的光影，流著汗水，喝著飲料，沿著瀰漫煙霧的溪流往前走去。忽地一個轉彎，我們就看見溪流的源頭。只見人們稱作「地獄谷」的溫泉池被群群山丘環抱，四處生長著美麗的綠色植物，愈是靠近泉水則愈是剩下光禿的石塊，中間是美麗的碧綠色青磺溫泉，泉面濛著濃厚的乳白色煙霧，隨著夏天的暖風緩慢飄浮。我同樣將粗土用水濕潤，繼續替佛像鋪上第二層粗土。和前一次相比，我對佛像的身形已有更加清楚的認識，因此佛的形狀很快地便被雕塑出來。我們繼續沿著溪流走去，只見溪中的岩塊早已因為泉水而變質成斑駁的黃褐色，我們在距離溫泉池不遠的地方揀了一顆岩石坐下，一面喝著冰涼的飲料，一面享受午後的陽光。我們開心地聊起夏天的回憶。

那年夏天，我和建志幾乎整天混在一塊兒，我們早起去游泳池游泳，下午去他家打電動，時常玩到晚餐時間才回家吃飯。在建志的指導之下，我也在摔倒好幾次以後學會了腳踏車，從此我們又多了騎車、打籃球等活動，有時玩紙牌，有時打羽球，熱熱鬧鬧地過了快樂的暑假。可是開學以後，我卻發現我們被分到不同的班級。我將細土取來，同樣用水濕潤，一面塗上佛像，一面將細節雕塑。對於佛的細節，我同樣不敢怠慢，端正心情將佛的脖頸、肩膀、雙臂、軀體、衣衫、盤腿仔細雕塑。我又來到佛的面容，看著那一張尚未雕塑的空洞臉龐，我突然感到一陣害怕。我知道自己正在面對挑戰，如果我對恐懼屈服，那麼佛像將永遠不會完整。「你會記得我嗎？」我問道。建志並沒有回答我的問題，只是拍拍屁股站了起來。「你有帶來嗎？」他回頭問我。我露出不解的表情。他接著從口袋拿出兩顆白色的雞蛋，對我嘻嘻笑了起來。他獨自走向地獄谷，只見整座池水像沸騰一樣冒著蒸騰的霧氣，水溫甚高，石頭濕滑，我害怕地站在遠方不願靠近，直叫建志要小心。忽然一陣大風吹來，充滿硫磺氣味的霧氣將我們隔開，我大聲喊著他的名字：「建志！建志！」卻遲遲沒有得到他的回應。等到大霧終於散去，我看見建志癡癡地站在原地，一動也不動地。我趕緊跑到他的旁邊，只見一顆雞蛋已經摔破在地上，他開口對我說：

「…………」

我對完成的佛像左看右看，四面端詳，依然覺得不甚滿意。

我又開始製作另外一尊佛像。

我將木材削成骨架，並且綑綁穩固。一樣的場景，星期三只有半天的課程，我和建志在校門口告別，匆匆跑回家吃飯，吃飽後又打電話相約在北投公園見面。九月的天氣還是一樣溽熱不堪，我們都換上輕薄的衣物，見面的時候仍已汗流浹背。我們趕緊逃到樹蔭底下，一路往山坡上爬去。我們經過北投公園的涼亭、拱橋、蓮花池、露天溫泉、博物館，一幢幢老舊的溫泉旅館像鬼魅一樣了無生氣地環繞在四周，其間也有一些嶄新的溫泉飯店穿插，巨大的霓虹燈時不時張牙舞爪地閃爍著。很快地，我們便來到人稱「地獄谷」的大門口。受不了天熱的我們在巷口的雜貨店買了兩罐冷飲，又各自抽了一張卡片，沒想到才撕到一半，我就發現自己又抽中「銘謝惠顧」。我們匆匆地走進「地獄谷」的大門，九月的陽光曬在我們的頭頂，穿過樹縫變作千變萬化的光影，夏天的風吹起來濕濕黏黏地，蟬群仍然攀在樹梢大聲鳴叫，幾乎使我耳鳴起來。我們嘻笑地追著地上的光影奔跑，一路沿著飄散煙霧的溪流往前走去，流著汗水，喝著飲料，才一個轉彎，便看見溪流的源頭。溪流的源頭就是人們稱作「地獄谷」的地熱溫泉，儘管名字取得可怕，但是眼前卻是美不勝收的奇景——長滿綠樹的小丘環抱在溫泉的四周，愈是靠近泉水，愈是剩下光禿的岩石，灰色的石上爬滿因泉水而變質的古銅顏色，儼然形成大自然的藝術作品，中間則是碧綠色的青磺溫泉，蒸騰的泉面飄浮著乳白色的熱氣，隨著夏日的微風緩慢飄浮。我們在不遠的溪流揀了一顆石頭坐下，一面喝著清涼的飲料，一面聊著夏日的趣聞。那年夏天，我和建志一起度過快樂的暑假，我們早晨去游泳池游泳，中午回家吃完飯後，下午又去他家打電動，每每玩到將近晚餐時間，媽媽不斷打來提醒才匆匆回家吃飯。這個夏天我也學會騎腳踏車。建志把他的腳踏車出借給我，起初我緊張地跨上腳踏車，整個人搖搖晃晃地，腳步總是不敢離開地面；建志於是替我扶在後頭，直到我踩得順了才放開手。不意外地，我摔倒了好幾次，腿上多了好多瘀青，最後才終於學會平衡，流利地騎起腳踏車來。我們後半個暑假的活動於是變成了騎車和打籃球，結束以後就去超商吹冷氣、買冰棒吃，回家趕了一下暑假作業就上床睡覺。但是就在開學的那一天，我們卻發現兩個人被分到不同的班級。「你還會記得我嗎？」我問建志。他並沒有回答，只是拍拍屁股站了起來。「你有帶來嗎？」他回頭問我。我不解。他從口袋拿出兩顆白色的雞蛋，對著我嘻嘻笑了起來。他向飄著霧氣的地獄谷走去，我卻因為水溫漸高、石頭濕滑而不願靠近。不知為何地，天空的太陽開始變得刺眼，蟬聲開始愈來愈響亮，鳥鳴也逐漸紛擾起來，我看著建志的鞋底被溪水溽濕，黑色的印記開始爬滿他的球鞋，忽地一陣大風吹來，充滿硫磺氣味的大霧將我們隔開，我先是被刺鼻的味道嗆了幾下，接著慌亂地叫起他的名字：「建志！建志！」大霧的另一端完全沒有回應，我像是墮入異次元一樣被遺棄在這一頭，汗流浹背，瑟縮不安，直到大霧散去，我才看見建志仍站在原地，整個人像失了魂魄一樣怔怔望著前方，一動也不能動。我趕緊跑到他的身邊，只見兩顆雞蛋全部砸落在地上，蛋心已從碎裂的殼中流淌出來，沾上灰塵變成骯髒不堪的顏色，而建志對我說的第一句話卻是：「……………」

等我回過神來，我已經製造出無數個佛像。

我的手上還有捏塑它們的觸感。我疲倦地坐在椅子上，看著圍繞著我的群群佛像，心中感到欣喜與滿足。我逐一凝視每一尊佛像，試探著它們的每一處細節，就像是記憶的刻痕一樣，親手捏製的我深切地記得每一部分的故事。只是沒有多久，我便忽然明白，其實我並沒有克服同樣的問題。我愈是看著團團圍繞著我的佛像，愈是能夠清楚地感覺到，每一張面容背後仍然存在著相同的匱乏——它們就像一張又一張巨大的黑口，愈張愈大，愈張愈大，像是要將我的靈魂、我的軀殼、我的記憶全部吞噬。我的內心開始恐懼起來，我對於迫近的虛無感到懼怕，我對於未知的缺憾感到驚惶，頓時之間，我陷入一種極度癲狂的狀態，我感到再也無法面對自己的靈魂，再也無法面對自己的心。我失控地大聲吼叫，我瘋狂地將所有的佛像拋入海中，此時海上的風浪漸漸大了起來，我站在海洋與陸地的交界，看著一張一張佛像的臉龐在海面載浮載沉，時而顯現，時而沉溺。狂風暴雨無情地擊打在它們的身上，就像是同時襲打我的靈魂一般——悲傷、絕望、憤恨的心情在我的胸口襲捲、翻滾、絞鬥，我怒吼、我狂嘯、我喘息、我號哭，最後我奮不顧身地躍入大海，整個身子淹沒在滔天巨浪之中。我在狂暴的海中瞠大雙眼，眼見無數個佛像在我的四周浮沉，最後漸漸地溶化，變成大海的一部分。

終於我失去了意識。

不知過了多久，可怕的暴風雨終於漸漸平息。

我睜開雙眼，發現自己仍躺在一望無際的海面，一整片平靜光滑的湛藍海水環抱著我。我的心中又想起命運的島嶼。我想著故鄉攀植在時間的每一縷流動，以及流動之中所長出的所有細節，像朵燦爛的花兒一樣，那麼繁盛、那麼美麗、那麼脆弱；而我曾經以一個渺小的生命之軀，依附在那朵燦爛的時光裡頭，飲著甜美的露水，啜著時代的果實，茁長成一株熟成的事物，最後卻被自然的災厄殘忍顫落。為什麼呢？為什麼我仍在這裡和自己對話？為什麼我仍在這裡作著夢？我有機會回到故鄉嗎？我有能力重新去愛嗎？想著想著，我不禁流下眼淚。

我的身體又開始向內凹陷，直到無止盡的黑暗再次將我引入深淵。

忽然，我感覺到背部傳來一陣輕柔的觸摸，彷彿有無數個柔嫩滑膩的觸手正在輕撫著我的背脊。我仔細感受那突如其來的觸碰，意識到那原來是從海底的故鄉所延伸出來的，無數個綿長的觸鬚，似是要將我輕輕托捧一般，令我感到一種飄忽的感受。溫暖的能量正從遠方一陣一陣傳遞過來，我毫不抵抗地接收著它們，以為那便是故鄉無私的愛，要將我的生命托舉，要將我的心靈灌溉；可是沒有多久，我便發覺它們並不是單方面地對我付出，而是與此同時，我的生命也有什麼被故鄉吸引過去，成為它的一部分。是的，我感到故鄉正在享用著我，就如同我時常仰賴著它一樣。

忽然「哇！」地一聲，一聲嬰兒的啼哭從遠方傳來，我似是被激流撲襲一般猛然跌入命運的連結，看見自己的一生快速地奔竄過去，從出生到成長，從衰老到死亡，每一段映像都如同快速轉動的電影重新顯現。經過如此漫漫長長的人生旅途，我竟重新憶起命運所餽贈我們的，原來除了那鋪天蓋地而來的巨大災厄以外，也曾經將快樂、幸福、痛苦、悲傷一併挾入我們的生命之中。直到我願意面對命運的變貌時，我才發覺一直以來我所追求的意義，所謂的生與死，所謂的存在與虛無，其實無時無刻都與我們共同生活著——從來沒有完全的生，也沒有完全的死；沒有完全的存在，也沒有完全的虛無。事物從來不是非黑即白的兩面，它們也不永遠站在對立的兩端，而是以我們的生命為容器，將所有的意義都包容在一塊兒。生命是混合的整體，是一切的交織，是萬物的交流。此時此刻，我沿著記憶的潮流，漸漸看見生命的根柢就深植在那一座命運的島嶼，所有的命運都在島嶼的深處阡陌相織、盤根交錯，最後與我們的生命緊緊相繫在一塊兒。

我滿是淚水地從故鄉的海洋甦醒過來，心中感到無比的開闊。

我舒展雙翅，帶著暢快的心情往海邊的小屋飛去。

(6)

「好美啊。」愛麗絲從我的背後探出頭來。

原來這天已將近傍晚。經過好幾天的廢寢忘食，我終於完成佛像的雕塑。完成佛像以後，我便一直癡癡地凝望著自己的藝術作品，彷彿從中能夠看見生命的斧鑿與命運的脈絡——如明月一般的高額、如海岬一般的大耳、如濕地一般的雙頰、如石滬一般的圓頦，如珊瑚一般的細頸；肩膀像是丘陵一樣順著完美的弧線往低處撲去，罩著如瀑布傾瀉一般的衣衫，手腳好似從旺盛的森林中奔流而出的溪河，在肉體的末梢收出一矗又一矗峭立的海崖。我細看佛的面容，一雙如蕨葉般低垂的眼簾，上頭浮現像山嵐一樣的雲眉，平滑的臉上隆起中央山脈一般的高鼻，鼻頭卻在風的作用下變得圓潤流暢，嘴唇好似一對沉睡中的鯨魚，在睡夢中對大海輕吐著愛的氣息。

我像是經歷一場藝術的奧德賽，走過漫漫長長的旅途，終於抵達美的彼端。

在雕塑的過程中，我的內部彷彿也生長著一座小小的島嶼，使得故鄉的身影自然而然地融入創作之中——堅硬的峭壁、柔軟的土壤、濕潤的花葉、年邁的樹木、冰涼的雨露、舒爽的微風、林間的雛鳥、河裡的魚苗、人們的軀體、萬物的心靈。而其中更重要的，還有我對生命的愛。我專注在創作的每一個當下，不再害怕命運的反覆，不再害怕虛無的到來。那些過去被我捨卻的事物，如今都被完滿地接受，埋藏在佛的陰暗之處，為祂的生命襯出美好的形態。那是一種圓滿的整體，無論存在與否，無論生死與否，在此都成為藝術的一部分。

「像你呢。」愛麗絲笑著說。

我邀請她與我的作品接觸。愛麗絲先是遠遠地觀賞，接著將身體挨近，將白皙的雙手貼在佛像上頭，仔細地感受著佛的每一寸突起、每一道陷落、每一個表情、每一種精神。過程之中，愛麗絲又忍不住流出眼淚，哭了又笑，笑中又帶著愁悶，愁悶中又挾帶苦惱，苦惱中又生出喜悅，我坐在愛麗絲的身旁，看著她隨著作品的流動產生豐富多變的神情，心中不禁深受感動。

「很棒的作品。」她說。

「謝謝妳。」

「……」

「天就要暗了，我們一起走回家好嗎？」她問道。

「好。」

我試著站起來才發覺自己全身疲軟，又坐下休息一會兒，才隨著愛麗絲往回家的路走去。一路上她並不多話，像我們平時散步那樣輕鬆前行，但是我卻因為過於疲倦而一直無法專注，整個思緒恍恍惚惚地，只覺得愛麗絲看起來不太一樣，卻又說不出是哪裡不同。

整片森林沾染夕暮的顏色，透露出遲夏的氣息，愛麗絲和我才穿過樹林，便看見一片鮮紅的康乃馨將木造的房屋團團圍簇。我們穿越開滿成熟花朵的庭園，時時感受到一種豐富飽滿的情感的浸潤。愛麗絲在門前停下腳步，蹲低身子摘取幾株小巧的鮮花。我看著暮色的柔光打在她的側臉，卻突然發現她的孕腹居然已消失不見！

「愛麗絲！妳的肚子…？」我驚訝地叫喊出來。愛麗絲並沒有回應我，只是緩緩起身，轉頭向我露出曖昧的神情，便捧著小巧的花束往屋內走去。我看著愛麗絲的背影消失在門後，竟又癡癡望了一會兒才匆匆追上。

當我打開木屋的房門，卻沒有看見她的身影。我向愛麗絲的書房走去，只見房門半掩，我推門走進查看，卻看見屋內的窗戶全數敞開，風從四面八方吹襲進來，將滿坑滿谷的書本搧得刷刷作響。

此時愛麗絲緊閉雙眼，平靜躺在書桌旁的藤椅。

我穿過滿坑滿谷的書籍走到她的身旁，伸手搖晃沉睡的愛麗絲，沒料到那卻是一具已經失去靈魂的空殼。我再次伸出手觸碰她的臉頰，而那竟是冰冷的、失去氣力的一張美麗臉龐。我傻愣在原地，看著她白皙透紅的臉蛋，粉嫩緊閉的雙唇，金色的短髮依舊綁成兩個可愛的小辮，簡直就像是我們初次見面的青春模樣。一瞬間我悲傷地哭泣起來，緊緊握住她孱弱的臂膀，垂著頭不斷流淚。我早就知曉我們終將離開夢境，沒想到分離的日子卻來得如此猝然。我以為我們會一直像過去那樣，每天過著彼此支持的寧靜日子——她依然埋首她喜愛的知識，而我依然創作我喜歡的藝術作品。生活的平靜幾乎使我們忘卻自己正在作夢，我多希望她是暫時睡了，過一會兒就會坐起來跟我道晚安，要我們一起享用今晚的饗宴。

就在眼淚落下之處，我突然看見那一束飽滿的紅色鮮花，以及愛麗絲經常使用的手札。

我將她的札記小心地拿起，深呼吸一口氣，才將愛麗絲的手札翻開。只見第一頁夾著一張撕下來的紙條，那是愛麗絲用工整的字體寫下的書信，署名是給弗朗茨的訊息。我將滿眼的淚水拭去，讀起那張留給我的信件：

親愛的弗朗茨，

我感覺到自己離開夢境的時間已近，所以先給你寫了這一封信。

首先，謝謝你陪我經歷一切。每當我面對恐懼的時候，你是最好的聽眾，你是最好的陪伴，總是能夠將我溫柔地理解與擁抱。遇見你真是我生命中最美好的事情。曾經，我的生命因為靈魂的不安發生難以挽回的憾事，因為有你們的愛與包容，我才能夠將內在的悲憤化作力量，對生命的真諦有更進一步的行動與思索。

我想，經過漫長的旅途，我已經找到生命的定向。我會試著與母親和解，我會試著與父親和解，但是我永遠不會放棄對生命的學習與思考。我決意努力不懈地寫作，以一位女性的角色誠實且勤勞地寫作。我要不斷向世界講述一個女人的故事，讓那些心靈被禁錮而無所依歸的女性，都能夠在我的文字裡頭尋得一絲解放；我要將穩固的繩索垂下，讓每一個女人都能夠相信自己，靠自己的力量爬往高處，看見更加光明燦爛的所在。

期盼我們都能成為更完整的人，去真誠地愛這個世界。

弗朗茨，莊周曾經說過，我們的生活是時代的土壤，而我始終相信知識的追求，必能使土壤更加地穩固。但是弗朗茨，最後我領悟到的卻是愛。惟有愛，惟有愛能使我們生根。當我們要將靈魂扎進生活的土壤時，是愛使我們克服千萬的困難，扎得如此深入，站得如此穩健，最後茁長成能夠庇蔭他人的大樹。是的，我始終相信你一定會是一株美好的大樹。這幾天看著你的表情，我知道你已經從永無止盡的黑暗走了出來；我看見你的生命散出更加溫暖的光輝，就要煦煦照亮這個世界。

弗朗茨，夢是會醒的，醒來我們就去愛。

想到告別，我還是有千言萬語想要跟你表達，可是大概說也說不盡吧。我不曉得你醒來後會不會記得我，但是，請你一定要記得你自己。只要你記得你自己，我就會在那裡頭，我們都會在那裡頭，只要閉上眼睛就會看得見。

祝福你

摯愛　愛麗絲

讀完愛麗絲的書信，我的情緒逐漸混雜一種奇妙的情感。

我將頭抬了起來，看見窗外的暮色已經悄悄進入尾聲，眨眼之間，天空便從橘紅變成青靛顏色，四周的昆蟲像是熱鬧的樂隊一樣忽地鳴叫起來，只見盛開的花園浮現無數個閃爍的螢光，就像是我們努力許久而遺留的愛一樣，將漆黑的夜晚星星照亮。

我將房內的燭火點亮，混著夜色將愛麗絲的手札繼續閱讀。只見她的思想與記憶全被詳實地記錄在裡頭，好似與我面對面傾心談論一般，隨著一頁又一頁的敘述，我能夠感到自己對她的瞭解又更加深刻一層。而在閱讀的期間，我更是經驗到一種眼界的開闊，體驗到原來自身的侷限能夠透過另外一雙眼睛，透過另外一個心靈，而擁有完全不同面向的觀看與理解。正如莊周所言，我們終究只能擁有一部分的真實，就像世界賦予我們的真相一般，我們短促而渺小的生命之中，僅能觸碰到偉大世界的一小部分。我們必須對生命保持謙卑、對自我保持熱愛，透過靈魂的深掘與真誠的交流，才能讓我們向完整的真實更靠近一點點。

不知不覺間，我已將愛麗絲的札記徹夜讀完。

當我闔上手札的最後一頁時，我深刻感受到一種不可思議的充實與滿足。經歷漫長不懈的努力，愛麗絲終於誠實地面對自己，確立應該前行的去向。那些禁錮她的事物已經被生命的智慧鬆綁，此時此刻，我真摯地為她的自由感到快樂，而這種快樂是多麼地令人熟識——那簡直和我完成雕塑時的心情是一模一樣的。

那就是愛，我想。

我蜷起手腳，將龐大的身軀依偎著愛麗絲，靜靜地待在女孩的身旁。

一種奇異的安寧將我慢慢吞噬，我闔上眼睛，內心感到前所未有的平靜，像是要陷入漫無邊際的雲海一般，漸漸被一股超越一切的光明燦爛吞沒。我彷佛聽見所有人的靈魂都在我的內部細細地震顫著，最後揉合成一個溫暖而強韌的圓潤事物，和平地流轉著。從那裡頭，我看見故鄉，看見自己，看見愛。

當我再次睜開眼時，核的光芒從窗口照進來，我明白自己的時間也到了。

(7)

當我來到亞特蘭提斯的海邊時，莎賽德已經等在那兒。

莎賽德的手中捧著一盆潔淨的水，水中漂浮著一顆美麗的魚卵，煦煦發著溫暖的光芒。「這是愛麗絲的孩子。」她對我說。我隔著玻璃看著漂浮的卵，心中喚著它的名字，Wawa，Wawa。我將水盆取了過來，將它輕輕地靠在自己的胸膛，靠近心的地方，靠近世界照亮我的地方。我閉上眼睛，感覺到彼此的顫動，正透過某種事物連接在一起，平靜而安詳地存在著，而我正將我的愛無私地託付給它，就像它毫無保留地吸吮著我的靈魂一樣。

「要回去了？」莎賽德說。

「要回去了。」

「孩子我會照顧，不必擔心。」

「謝謝。」

「只是，再多留一夜好嗎？」她問道。

「……」我想了想。

「我有個禮物想送給你。」

「好。」我說。

這天晚上，我留在海邊的小屋，坐在書桌前寫著留給孩子的書信。深夜時候，莎賽德打開房門從外頭走了進來。她站在窗戶的旁邊面朝向我，開始將自己的衣服一件一件褪去，只見金黃的夜光爬滿她的全身，在那一具成熟美麗的肉體之上，刻劃了無數個理想的傷痕，就像是頑強對抗的勇敢意志一樣，女人昂然挺立，如同一個不曾屈服的藝術作品，將生命的魅力熱烈地透露出來。

我感到一種欲望的震顫，站在書桌的前面，癡癡地望著她健美的胴體。

莎賽德向我走近，張開她的雙臂將我環抱。我感到她的乳房親密地貼上我的身軀，柔軟而堅挺、豐富而昂揚，而就在我們接觸的那一剎那，她的身體同時發出一陣幽微的顫抖，像是初次接觸到自然的隱喻一樣，身體發出最直覺的反應，氣息開始喘動起來。她的手掌很快地爬上我的身軀，不斷在我的身上恣意撫弄，我感受到一種穩重踏實的意志游蕩在草原之間，像個為後代開拓疆土的母親，要為生命闢出一條前所未有的道路來，我的身軀則回以自然的回應，像是從山坡上吹落的大風，將所有草叢吹得沙沙作響，一瞬間就要將女人埋覆在草原之間，碩大的植物在她的身上摩娑不已，終於使她興奮得不能自持。她憑藉著自己的意志來到巨大的山峰面前，看著大自然的偉大造物，心中感到敬仰無比，卻也生出征服它的驕傲意志。她將手掌覆上我的生殖器，輕輕地套弄起來，愈來愈快，愈來愈快，我的欲望像是海中的巨浪一樣滔湧起來，她則像個掌握船槳、乘風破浪的船夫，渾身被我的欲望濡濕，幾乎就要被我的激情給吞沒。

忽然間，莎賽德像騎上野獸一樣爬上我的身體。

她在我的眼前將身體的隙縫張開，像是一道藏有秘密的洞穴一般，將我的生殖器吸引進去。我感到一陣濕潤的觸感，像是來到種滿植物的嬌小溫室，外頭卻是一望無際的漆黑宇宙，而我們就要乘著生命的艦艇往未知邁進。我在她的體內晃動起來，一次又一次將堅硬的生殖器挺入她的肉身，期間我感到她仍有固著的意志抵抗著我的侵入，她無法鬆弛的通道像是將命運拒於室外一般，從她的臉上甚至浮現痙攣的痛苦，不斷咬牙忍受。我將莎賽德輕輕地擁抱，用手撫過她身上的每一道傷痕，那些在理想中穿梭而殘留的印記，間歇地留存在她青春的肌膚之上，只不過從她富有彈性的肌膚之中，我可以感覺到女人仍堅定地保有自我的美意，像是一株不畏風寒的花朵，美麗而堅強著。我溫柔地撫弄那些傷痕，像是要將冰凍的河水從冬日中解放出來一般，移過她的脖頸、她的乳房、她的大腿、她的陰部，很快地，莎賽德的身體便有如融化的春水滾滾流下，就要將待萌的土地滋養灌溉。我乘隙挺進她的深處，像是樹的根脈扎入柔軟的土壤，女人彷彿聽聞春雷巨響一般發出熱烈的顫抖，渾身迸發出獨特的強烈氣味。我們緊密地交合在一起，一來一往，一往一來，最後終於找到彼此平衡的角度，我彷彿在她的體內尋得一種生的意志，而我則回以自然的旺盛精力，你來我往之間，我們逐漸達到生命的均衡姿態，漸漸地，一種難以言喻的至福快感潮湧而起，層層疊疊，就要帶領我們衝向世界的盡頭。

一股暖意倏地經過，我將生命的種子盡數射進她的體內，一陣又一陣地，就像是春雨一樣灑在待育的土壤。歷經漫長等待的生命就要從中萌發起來，而我也從中獲得某種珍貴的事物，那是命運與意志的平衡，使我永遠不會忘記生命的得來不易，而不至在面對自然的流動時，過於輕易地將自我的意志拋棄。我開始相信，自己的生命與萬物都是平等共存的——我們並沒有屈就於世界，世界也從未試圖征服我們，而是我們無時無刻都在努力達到彼此平衡的姿態，與所有的事物共存在一起。

早晨已經來到。

我和莎賽德一同離開海邊的小屋，在屋子的外頭，我看見自己用心創作的佛像，正被明耀的光芒照得閃閃發光，積存在裡頭的精神好似源源不絕地散發出來。這是我第一個完成的創作，也是我藝術的起點。我知道未來還有很長遠的路途要走，而我感覺自己的靈魂已經準備好了。我要對生命抱持著謙遜的姿態，用心去感受世界的一切，踩著愛的腳步，誠懇而踏實地生活，用我的肉身繼續創造藝術。

我將佛像贈送給莎賽德，並且將寫給孩子的信件託付給她。

我們彼此珍重告別以後，我便轉身投入汪洋。

(8)

孩子，對不起，我不能陪伴在你的身邊了。

我並不知道你什麼時候會到來，
但是當你來到夢境的時候，
你會在這裡看見自己真正的模樣，
到時候，請你一定要好好地認識世界，
請你一定要好好地認識自己。

我想誠實地告訴你，我也曾經是個孩子，

只是時間會流動、世界會轉變，
而我們也會不斷地成長。
有天你也將經歷這一切，
無論如何，請你務必喜歡自己的模樣，
你要相信世界永遠會為你保留一個位置，
只是我們需要耗費時間與心力才能將它找到。

也許你會感到孤獨，也許你會感到寂寞，
但是請你不要害怕。
你要相信這個世界，你要相信你自己，
你要保持善良、遠離邪惡，
你要相信命運、擁抱黑暗，
你要勇敢，你要堅強，
要將歷史的流動看清，要將生活的土壤踏實。
最後，不要忘記生命的核，
用你的靈魂去觸碰它，用你的愛去觸碰它，

居時你更會更加地明白，
什麼才是生命中真正重要的事物。

孩子，我必須要走了，
我要回到我的故鄉了。
倘若你感到難以承受的寂寞，請記得看看夢境的核，
然後閉上眼睛，
你會感受到我們一直都活在你的身體裡頭，
所有的愛都在你的身體裡頭，永遠都不會消失。

親愛的孩子，我永遠愛你，
一如我永遠愛這個世界。
祝福你，再見。

終之夢

「這是我最後一次作夢了。」

我仰躺在平靜的海面，遠望著天空的榮格之核，隨著故鄉的浪潮一擺一擺。溫煦的光芒照耀在我的身上，使我想起每一個人的欲望都在裡頭燃燒，進而成為世界的動能。恍惚之間，我感到自己彷彿經歷過這一切般，產生一種似曾相似的感觸——我似乎曾以不同的姿態，做過無數次相同的決定。

我的身體又開始向內凹陷。我看見那道深黑色的溝槽又再一次出現，將所有的事物不斷往未知的深處吞沒。然而這一次，我已經不再感到懼怕。我朝著無盡的黑暗深深凝視，直到我的視線終於習慣黑暗的時候，我便看見其間佈滿星星點點的微光，彷彿一顆又一顆晶亮的種子，瑩瑩閃閃發著愛的光火。我這才意識到自己也成為一顆圓潤飽滿的種子，種子裡頭流轉著自我的面容、故鄉的記憶、朋友的精神、人們的共念，正要找尋適當的土壤將自己小心地埋下，盡情地生根、恣意地生長，茁長成巨大的生命之樹。

我看見一群集結的光點，星星勾勒出一座美麗的島嶼形狀。

當我親近那座光的島嶼時，我再次憶起故鄉的光景，憶起生命茁長在土地之上，憶起歷史流動在溪澗之間。一個眨眼之間，那些發光的芽苗便開始快速地成長，一株一株光芽忽然洶湧地萌發，急遽地長出厚實粗壯的體幹、繁複錯綜的枝椏、鮮美嬌嫩的綠葉、細緻綿密的葉脈，群群的大樹很快變成一座巨大的森林，越過我的意識，將我層層包裹在樹林之間。我猛然睜開眼睛，看見不斷快速竄升的森林仍一層一層地將我裹覆，榮格之核的光芒在遠方變得愈來愈稀薄，最後終於被繁茂的枝葉遮掩殆盡，而我的視線再也看不見夢境的景色。我在嘈雜的樹林間聽見故鄉的聲響、聞到故鄉的氣味、觸及故鄉的事物，忽然，捷運的警示音在四周響起，嘟嘟嘟嘟，嘟嘟嘟嘟，就像是要往什麼地方出發一樣，銀色的車門慢慢地合上，就要將我帶向彼方。

「回家了吧。」我對自己說道。

一陣搖晃陡然襲來，整座森林開始猛烈地收縮，我被挾在巨大的樹海裡頭，隨著故鄉的森林往底部快速地收去；一瞬間，我們便離開夢境的表層，驟然遁入海洋之中，整片森林仍然不斷收束，我感到自己隨著森林來到海底，仍不止息的森林突然間就穿破夢境，我從外側看見夢像一顆圓潤的泡沫一般，終於因為穿刺的破洞而綻裂開來。

「獻給每一個認真活著的你。」

後記……穿越城市的列車，穿越自我的光芒

『這世上沒有人，沒有任何人有權為她（過世的母親）哭泣。我也像她一樣，覺得已經準備好重新再活一次。彷彿那場暴怒淨化了我的苦痛，掏空了我的希望；在布滿預兆與星星的夜空下，我第一次敞開心胸，欣然接受這世界溫柔的冷漠。體會到我與這份冷漠有多麼貼近，簡直親如手足。我感覺自己曾經很快樂，而今也依舊如是。為了替一切畫上完美的句點，也為了教我不覺得那麼孤單，我只企盼行刑那天能聚集許多觀眾，以充滿憎恨和厭惡的叫囂來送我最後一程。』（註①）

這是卡繆的小說《異鄉人》的結局。在養老院的母親過世以後，男主角莫梭孑然一身，無依無靠、恍恍惚惚，竟在無意間失手殺了陌生人。在法庭上他被判刑死罪，原因竟然不是出自對死者的憐憫，而是因為沒有在母親的喪禮流淚的莫梭，早已被眾人判為無情的殺手。莫梭的內心並不能夠明白，他認為自己過去僅是誠實地面對生活，在經常使人暈眩的現實中孤獨行走，卻因為一次意外的決策遭到世俗的審判。如今，他將因道德的不完善而被排除於社會之外。臨死之前他終於體悟，自身的孤獨就是存在的一切，虛無就是存在本身。他終於釋懷了。相對於肉體的死亡，他的精神諷刺地獲得新生。

讀完《異鄉人》的結局，我開始寫《台北變形記》。

∴

先談談我成長的台北。

我出生於一九八八年的台北，前一年台灣解嚴，後一年柏林圍牆倒塌，世界處於自由解放的氛圍，慶祝著繁榮開闊的新世界即將到來。當時擠身亞洲四小龍的台灣，在經濟發展、人文思潮上一片繁景，首善之都台北更是充滿這樣的氣息，許多人來到都會區爭取更好的工作，對未來滿懷憧憬與期盼。然而時日過去，經濟的泡沫被吹得就要破開，都市逐漸顯露它的無情——孤獨和挫折埋伏在生活中，使得日日夜夜賺取財富的都會人們，同時感受到空虛的內在。有時半夜驚醒，他們會感到自己如推石的薛西弗斯，終日做著看不到終點的繁瑣工作。這種精神的匱乏感與繁榮的經濟表象形成強烈對比，時常縈繞在我們的生活。（註②）

我出生的那一年，台鐵淡水線被拆除了，城市將迎來新的台北捷運。

一九九六年，第一條台北捷運木柵線開通行駛；隔年，原台鐵淡水線上的捷運淡水線也接續啟用。當時還是孩童的我，站在彩色電漿電視前面，看著新聞播映著捷運開通行駛的熱鬧模樣，並不知曉那將是我未來生活的重要的一部分。往後幾年，捷運新店線、中和線、南港線、板橋線也陸續啟用。考上市區高中的我開始搭乘捷運通勤，每天必須從淡水線搭至台北車站轉乘，再擠上最擁擠的板南線。猶記得每日早晨，我擠在難以動彈的捷運車廂中，腦中想著升學、感情、友誼的煩惱。（雖然也有快樂的時刻，但是留下的印象並不多）於是，總是擁擠的捷運車廂和青春的憂鬱、壓抑、悲傷和憎怒逐漸重疊在一起，變成一種陰暗黏膩的城市印象。彼時我並沒有發覺，城市已將空洞的種子種植在我的身上，終日奔跑在地面之下。

二〇一三年，我離開家鄉前往英國念書。初到異國居住的我驚覺自己對世界的一無所知，在短短兩年間，我不斷與各國友人進行交流，努力適應不熟悉的文化。我學習到許多嶄新的事物，卻也頻頻回望自己的故鄉——當時的我體悟到，若不能好好瞭解自己的過往，便無法向他人妥善介紹自己。也就是在那段期間，台灣發生了太陽花學運、北捷隨機殺人事件和高雄氣爆事故；有賴於網際網路，生活在倫敦的我也能經由社群媒體即時知道故鄉正在發生的事情。在故鄉發生許許多多的紛擾時刻，我也在世界的另外一端懸著擔憂的心，過著魂不守舍、茶飯不思的生活。那個時候，就像與故鄉的人們站在一起般，我也覺得自己參與了台灣社會的重要變動。

然而兩年過去，當我從英國回到故鄉台灣，卻發現自己仍然是個缺席的人。我並沒有真正參與社會改變的時刻，只不過是經由網路參與了其中一部分。我像是再度成為異鄉人一般，感受到自己早已不是過往的自己，台北也不是我在異鄉重複建構的那個台北。巨大的隔閡阻擋在我和故鄉之間，每當我獨自搭上捷運時，總感覺像是從一個夢境穿梭至另外一個夢境。就是在這個時候，我開始創作小說《台北變形記》。

∵

《台北變形記》於二〇一五年開始撰寫。年初，我剛從英國歸來，正處於求職階段，時常逗留在圖書館中閱讀研習。讀完小說《異鄉人》的我，正巧看見「台北文學獎」的徵件，便決定來試試看許久沒有寫的短篇小說。實在沒有想到，這一寫就是三年的時光，直到二〇一八年才階段性完稿。

《台北變形記》從一個短篇小說的發想，逐漸增加故事的份量，最後演變成一個中篇小說。事出有因。首先，我動筆以後才發現，原來奇幻小說需要足夠的篇幅才能使讀者認識虛構的背景，而原本預期的篇幅是無法盡述的；其次，自從開始寫作以後，我竟感到自己已經無法停止—

—我像是嘔吐一樣將心中積淤多年的事物盡數吐露出來，最終成為一部富有幻想的自傳型小說。

喜愛文學的讀者應能迅速聯想，《台北變形記》的原形正是卡夫卡的經典作品《變形記》。小說《變形記》描述葛雷戈一覺醒來變成一隻黑蟲，過去日日夜夜盡忠職守、勤奮工作的他，如今為無法外出工作感到萬分焦急。葛雷戈的內心深處懼怕，自己就要變成外人眼中的無用害蟲。一夕之間的轉變，竟無情顯露出日常的脆弱，就連朝夕相處的家人也莫可奈何。讀完卡夫卡的《變形記》，我除了深有所感之外，也不禁思索：小說中葛雷戈所惶懼的處境，在現代社會是否依舊如此呢？一百年過去，我們的社會是否對於個體的差異化更加寬容呢？對照卡夫卡的《變形記》與卡繆的《異鄉人》，裡頭竟存在著一種內在議題的強烈相似——主角都是因為主體的差異而感覺到被環境排擠，進一步感受到存在的危機。我不禁想像，倘若小說的主角們處於現代社會，是否已經能夠坦然自處？

結合奇幻元素和哲學詰問，《台北變形記》可以說是一本「哲幻小說」。我從哲學的問題出發，架構出一個虛構的世界，讓主人翁在其中遊走探索——透過「桃花源」探問起源、透過「奧林帕斯」探問信念、透過「烏托邦」探問理想、透過「亞特蘭提斯」探問命運。除了弗朗茨懷抱著存在的堪慮，在夢境中找尋生活的意義之外，巨蛾摩托、少女愛麗絲、少年賈寶玉，也分別來到夢境中尋求種族、性別、愛情的解惑。此外，《台北變形記》以夢境為主要架構，在弗朗茨經歷夢的探索之際，同時出現三個關於台北的夢中夢。我試圖透過夢的虛幻、夢中夢的雙重虛幻，去探討虛構的邊界、夢境的邊界、記憶的邊界，以及自我的邊界。而透過故事的發展，我逐漸體悟到，也許這正是身處數位時代的人們所必須面對的議題之一。

∵

寫作是貼合的技藝，將生命的所思所想，透過文字的揉合產生文學。

在《台北變形記》中，我嘗試不同的創作方法，讓閱讀者體驗內在的轉變。讀完應不難發現，除了傳統的文字閱讀之外，這本書需要動用更多感官進行思索。這也是為什麼時隔數年，我仍希望《台北變形記》以紙本的方式與讀者見面——唯有透過紙本的閱讀，才能全然體驗《台北變形記》的故事。在此，我要感謝一路幫助自己的人，包含陪伴我創作的親人、愛人和朋友，以及協助將這本書出版成冊的設計奕凱、編輯桓瑋。

誠實地說，創作的時候總是最孤獨的，獨自走在未知的途徑探索，卻也找到最幸福的事物。「我所要做的事情，只有誠實地面對文學而已。」每天睜開眼睛我都必須如此對自己說。

曾幾何時，我開始產生一種錯覺，認為自己的生命只會到三十二歲便結束。因此在寫作時，儘管遭遇許多孤獨與困境，我也告訴自己要把握時間完成，不留遺憾。只有時時刻刻將死亡捧在眼前，才能讓生活顯現出它的價值來。我常幻想自己像是敲打雕像的米開朗基羅，不斷做著文學的苦工，自迷霧一般的人生取出真正的價值；也是在如此辛勞之中，我逐漸感到《台北變形記》帶我觸摸到某種文學的核心。幸而在三十歲的時候，《台北變形記》的寫作終於告一個段落。而使人感到驚異的是，我竟感覺自己可以活下去了。是的，在死亡的陰影被印刻在小說的同時，我竟也逐漸感到自己有新生的可能。事到如今，我已脫離死亡的陰影，成為一個能夠勇敢直視生活的人。

謝謝文學。只盼這本小說能夠超越生命，成為一種支持的力量，陪伴更多人走下去。敬每一個認真活著的我們，請永遠記得愛。

二〇二三年．台中

註①：此段摘錄自卡繆《異鄉人》，二〇〇九年，麥田出版，張一喬翻譯。

註②：若要感受八、九〇年代的台北，推薦讀者可看楊德昌的電影。

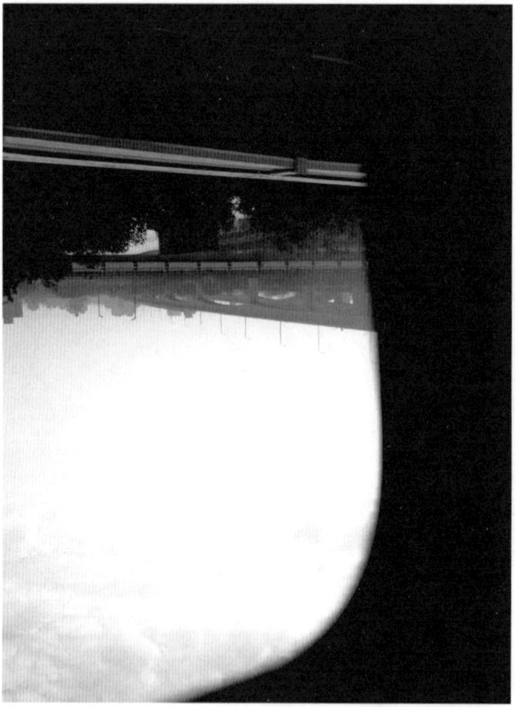

台北變形記
The Metamorphosis : Dreams of Taipei

作者……陳柏霖
編輯……陳柏霖、張桓瑋
設計……黃奕凱
攝影……黃奕凱
印刷……承彩企業有限公司
出版……陳柏霖
代理經銷……白象文化事業有限公司
四〇一台中市東區和平街二二八巷四四號
電話：〇四—二二二〇—八五八九
傳真：〇四—二二二〇—八五〇五

初版……二〇二三年二月
定價……新台幣三九〇元整
國際標準書號……
九七八—六二六—〇一—一〇七二—七

國家圖書館出版品預行編目
Cataloging in Publication, CIP

台北變形記
The Metamorphosis : Dreams of Taipei
陳柏霖 作
-- 初版 . -- 臺北市：陳柏霖 , 2023.02
面；　公分
ISBN 978-626-01-1072-7（平裝）

863.57　　112002155

「要將歷史的流動看清，要將生活的土壤踏實。
最後，不要忘記生命的核，
用你的靈魂去觸碰它，用你的愛去觸碰它，
屆時你更會更加地明白，
什麼才是生命中真正重要的事物。」

← 請將紙板沿線撕下，透過針孔尋找生活中的靈光